La morsure de la GOYAVE

NiL

María Eugenia Mayobre

La morsure de la GOYAVE

Traduit de l'espagnol (Venezuela) par Margot Nguyen Béraud

ÉPREUVES NON CORRIGÉES

ROMAN

Titre original : El mordisco de la guayaba

ISBN 978-2-84111-971-4
Dépôt légal : juin 2020

À Papitú et TT, qui sont partis avant l'heure.

2009

PRIMITIVA SERAPIO

ou ce nom que je ne fus jamais

J'ai pour nom d'usage Primitiva Serapio. Mais mon nom de baptême est Primitiva de los Ángeles Serapio – ma tante Santa avait fini par convaincre maman et le poète de me laver du péché originel. À l'intérieur de moi il n'y a pourtant ni Primitiva ni Serapio qui tienne, et des anges encore moins. Dès que j'ai été assez lucide pour comprendre que c'était à moi de choisir comment j'allais m'appeler, je me suis baptisée autrement. Depuis mes huit ans, mon nom est Mulatona Montiel, à qui personne ne cherche des noises. Primitiva est timide, barbante, maigrelette et craintive. Bien que j'ignore cette personne depuis longtemps, elle se croit obligée de rappliquer dans les moments les plus malvenus ; Mulatona, au contraire, est libre, voluptueuse, sûre d'elle, et surtout, elle n'a peur de rien. Cette fille-là, c'est moi, et ceux qui me connaissent vraiment ne voient pas la nunuche pâlotte, frêle et maladroite que pensent voir les gens qui me rencontrent pour la première fois, ou qui en m'appelant Primitiva croient s'adresser à moi. Absolument pas ! Ceux qui me connaissent voient une amazone dotée de jambes robustes et de seins gigantesques qui se balancent librement sans soutien-gorge, les tétons orgueilleux. Une femme à l'abondante crinière tombant jusqu'à la taille, qui regarde les gens dans les yeux, face à face. Ni de haut en bas ni de bas en haut. Mulatona Montiel est la femme que je suis intérieurement, même si mon corps chétif et minuscule laisse croire à beaucoup que je suis un pauvre petit têtard. Les miroirs ne reflètent pas ce que je suis, mais je n'en ai rien à cirer. Chez moi, je les ai tous cassés depuis longtemps et je me suis débarrassée des appareils photo. Un vulgaire objet ne peut quand même pas être plus sensé qu'une âme humaine. Sur Internet, aucune photo de Primitiva, seule Mulatona possède un compte Facebook, et elle adore collectionner les amis anonymes. Qu'est-ce qu'on s'en fiche de savoir à quoi ressemble vraiment le corps de quelqu'un qui poste des messages torrides sur un *wall* ? Les quelque deux mille amis de Mulatona ne verront jamais Primitiva en personne, puisque pour eux, la seule qui existe, c'est la métisse sensuelle de leur imagination.

Primitiva n'avait plus qu'un seul véritable ami, et celui-ci venait de mourir. Depuis à peine une heure, le poète avait fermé les yeux et rendu son dernier souffle. Moi, je lui aurais fait un massage cardiaque pour le réanimer, mais les jambes de Primitiva ont commencé à trembler, elle a éclaté en sanglots et fait la seule chose dont elle est capable : chouiner et se lamenter sur son sort. Une fois le corps inerte du poète refroidi dans les larmes de Primitiva, Mulatona a laissé tomber cette maigrichonne dépressive qui se traînait par terre, elle a repris le contrôle de mon esprit et s'est mise à écrire. J'écris parce que je sais qu'il me reste très peu de temps avant de perdre complètement la tête.

À l'instar de toutes les femmes de ma lignée, je suis devenue folle. Pas en quelques minutes comme ma tante Santa, ni à force de trop gober et arrêter de gober des antidépresseurs, comme ma mère. Je n'ai pas non plus eu la chance de me réveiller dingue un beau matin, comme c'est arrivé à ma grand-mère Cornelia, ni d'être née simplette, comme la tante Berta. Il faut croire que j'ai hérité des gènes de mon arrière-grand-mère, doña Yolanda, qui a perdu la raison lentement et consciemment, mélangeant la réalité avec son imagination, en deux ans d'intervalle conclus par la tragicomédie de son assassinat.

Chaque femme de ma famille ressemble à une poupée russe, avec différentes couches de personnalité sous une façade apparemment creuse, mais qui renferme toujours une folle dans un coin de son labyrinthe intérieur. Et je ne dis pas ça au sens figuré, en employant le terme « folle » à la légère, pas plus que je ne fais référence à ces fameuses familles soi-disant « dysfonctionnelles » qui sont aujourd'hui tellement à la mode au cinéma et en littérature. Dans la mienne, la folie est sérieuse, héréditaire et manifestement inévitable.

Je ne vais pas nier que j'aurais préféré être inconsciente de la dégénérescence de mon état mental. Un matin, je me suis réveillée folle, et voilà. Tout le monde s'inquiète sauf moi : je ne m'en rends pas vraiment compte puisque je suis fêlée, mais je ne nierai pas non plus que de me savoir en route pour la démence et d'en connaître les premiers symptômes me donne certains avantages sur mes aïeules. Et surtout, ça me permet de raconter notre histoire. Ce qui, plus qu'un avantage, est une obligation, même si je dois me dépêcher car le temps presse. Le premier symptôme de ma folie s'est déclaré peu avant la mort du poète.

Son corps est encore chaud et je ne peux rien faire d'autre qu'écrire. S'il s'avère que je souffre en effet du même mal que mon arrière-grand-mère Yolanda, dans six mois à peine, à moins de ne pas être déjà devenue complètement cinglée, je mélangerai l'imagination et la réalité dans une proportion peu favorable à l'écriture d'un récit documentaire. Voilà pourquoi je dois faire vite.

Le poète est mort en paix : il croyait avoir réussi à me sauver de la folie en me racontant notre histoire, mais au bout du compte, il n'a fait que reproduire avec moi ce qui est arrivé à mes ancêtres. Si toutes les femmes de ma famille ont bien une prédisposition génétique à la démence, chacune d'entre nous (de mon arrière-grand-mère Yolanda jusqu'à Primitiva et moi) a été confrontée à un épisode, un incident ou une passion qui l'a déclenchée. Et cet incident, cet épisode ou cette passion perverse, ce fut toujours le poète.

Le poète et mon arrière-grand-mère, le poète et ma grand-mère, le poète et ma mère et mes deux tantes, et pour finir, le poète et moi. Comment un même homme a-t-il pu faire perdre la raison à quatre générations de femmes cultivées et intelligentes ? C'est précisément cette histoire que je m'apprête à vous raconter, si ma folie me le permet.

1939-1941

L'ARRIÈRE-GRAND-MÈRE YOLANDA ET LE POÈTE

ou un amour inachevé errant
comme une âme en peine

Le poète entra dans la vie de ma famille par un matin ensoleillé de l'année 1939, qui marqua le début de la folie de mon arrière-grand-mère. À l'époque, doña Yolanda avait trente-quatre ans et elle vivait avec son mari (mon arrière-grand-père) dans l'une des rares maisons coloniales construites dans ce port de pêche situé au nord de la capitale. Pardonnez-moi si je ne précise pas le nom de mon arrière-grand-père ; c'est que j'ai très peu d'informations sur lui. Le poète n'a pas réussi à se rappeler son nom. Et c'était sans méchanceté, mon aïeul était simplement si ennuyeux et insignifiant que tout le monde avait oublié de le mentionner au moment de transmettre oralement l'histoire familiale. Auprès de doña Yolanda et de l'arrière-grand-père, vivait ma grand-mère Cornelia, qui avait alors quatorze ans et une grâce physique assez limitée, compensée (heureusement pour elle) par beaucoup d'agilité mentale. L'arrière-grand-père n'était presque jamais à la maison car son métier d'ingénieur agronome l'obligeait toujours à se déplacer dans différentes villes du pays, où il devait rester plusieurs mois pour mener à bien ses projets et ses contrats.

Ma grand-mère Cornelia avait fini de recevoir le peu d'éducation basique qui convenait à une jeune fille de bonne famille en ce temps-là, et elle passait ses journées à lire ou à cuisiner avec Julia et sa mère, mon arrière-grand-mère Yolanda.

Julia, la belle Julia, la pauvre Julia ! Si seulement elle avait su l'influence qu'elle allait avoir sur notre famille... Son prénom s'écrivait en réalité *Giullia*, mais une fois qu'elle eut quitté les côtes italiennes pour fuir la guerre – ainsi que sa propre guerre familiale – et qu'elle se fut installée sur nos terres chaudes, il ne lui resta pas d'autre choix que d'accepter cette légère modification de l'orthographe et de la prononciation de son prénom.

Julia avait frappé à la porte de notre maison par un après-midi pluvieux de l'année 1939, pour demander du travail. Bien qu'habitant une immense demeure coloniale dont ils avaient hérité, mes arrière-grands-parents n'étaient pas si fortunés que ça, et ils virent en elle le moyen d'obtenir enfin ce symbole social que représentait le fait d'avoir une domestique – européenne, de surcroît. En échange du gîte, du couvert et d'une poignée de centimes symboliques chaque semaine, Julia fournit à mes aïeux les repas, le ménage et un peu de compagnie. Néanmoins, ce que la jeune Italienne se garda bien de dire en cet après-midi de février de la fin des années 30 (peut-être n'en savait-elle encore rien), c'est que sa relation avec un passager du bateau sur lequel elle était arrivée en Amérique – un jeune et bel Italien qu'elle ne revit jamais – avait engendré un enfant.

Dans le ventre de Julia, lentement et discrètement, grandissait l'homme qui allait changer l'histoire de notre famille. Ah ! Si mon arrière-grand-mère avait su tout ce que Julia susciterait chez elle et ses descendantes en l'entendant frapper à sa porte ce jour-là, elle ne l'aurait jamais laissée entrer.

La jeune femme fraîchement débarquée d'Italie s'adapta aussitôt à la famille et au village. Ses plats changèrent l'enfance de ma grand-mère Cornelia. Avec Julia, elle découvrit le goût des saveurs. Sa compagnie et ses histoires sur la vie en Europe, la guerre, l'amour et son long voyage en bateau jusqu'en Amérique remplissaient les heures qui avaient auparavant semblé interminables à cette fille unique, trop curieuse pour un si petit village.

Julia était très belle, peu de gens au village avaient déjà vu des yeux d'un vert de jade comme les siens, sublimés par un teint qui s'assombrissait au soleil des tropiques et faisait ressortir la clarté de son regard. Ses longs cheveux châtains devinrent le jeu préféré de toutes les petites filles du coin, parmi lesquelles Cornelia, qui passait des après-midi entiers à la coiffer et à la décoiffer, pour ensuite recommencer.

Julia nourrissait une passion pour les fruits tropicaux, car ils éveillaient en elle la volupté que l'Europe avait anesthésiée, et c'était le moins qu'on puisse dire : en Italie, dès qu'elle ouvrait les yeux et ce jusqu'au moment de les fermer, elle ne voyait que des images religieuses lui rappelant sa condition de mortelle et de pécheresse; les fruits exotiques invitaient au contraire à être contemplés, reniflés, sucés, léchés et dévorés à pleines dents. Avec sa première mangue, Julia découvrit que la Genèse biblique n'avait aucun sens : personne ne pouvait céder à la tentation d'un fruit aussi ennuyeux que la pomme; alors que l'anone, la grenadille, la noix de coco… Lorsqu'elle découvrit les fruits tropicaux, Julia cessa de croire aveuglément aux dires du Livre saint de son enfance et de sa jeunesse. N'importe lequel de ces fruits, si on s'en servait bien, pouvait mettre un homme à genoux.

Ce fut grâce à un fruit que Julia rencontra le père du poète dans ce bateau qui la menait vers l'Amérique. Il était 2 heures du matin lorsqu'elle sortit sur le pont en quête de bouffées d'air frais susceptibles de lui ôter – ou du moins de soulager un peu – ce mal de mer qui, depuis l'embarquement, s'était installé dans sa poitrine au niveau du cœur.

Elle aurait donné n'importe quoi pour descendre de cette machine du diable, mais autour d'elle il y avait de l'eau à perte de vue. Elle se fraya un chemin sur le pont parmi les corps qui essayaient de dormir jusqu'à ce qu'elle trouve un espace libre contre le bastingage. Elle ferma les yeux et respira l'air pur de la mer.

Elle connaissait et pouvait nommer chaque senteur de ce bateau sur lequel elle voyageait depuis une semaine, et elle se rendait compte que les odeurs humaines gagnaient tous les jours en intensité, à mesure qu'elles recouvraient celles de la nature. Cette nuit-là, la proue sentait la mer et l'urine, la sueur d'oignon rance et les cheveux sales. Les yeux fermés, Julia perçut une odeur qu'elle ne reconnaissait pas. C'était un parfum sucré avec une petite touche d'acidité. Alors elle ouvrit les yeux et son regard chercha ce que son nez avait déjà trouvé. À trois corps de distance, un jeune marin était absorbé par la dégustation d'un fruit que Julia n'avait jamais vu : petit, vert dehors et rose dedans. La concentration du marin, autant que la fermeté et le plaisir avec lesquels sa langue se frayait un chemin dans la pulpe juteuse, troublèrent l'esprit de Julia. Le regard rivé sur cette langue, elle l'imagina parcourir chaque recoin de son corps avec la même habileté. Julia était d'une nature fougueuse et elle avait eu plus d'un amant caché, mais peu à peu, la culture chrétienne, ainsi que sa famille et la société ultraconservatrices au sein desquelles elle avait grandi avaient calmé cette flamme qui s'allumait souvent en elle. Sur ce bateau, enfin libre comme elle en rêvait depuis longtemps, il n'y avait plus ni famille, ni société, ni religion pour brimer ses désirs. Hypnotisée par l'odeur et la couleur de ce fruit et par la facilité avec laquelle ce marin prenait du plaisir, elle s'approcha de lui, séductrice, et sans rien demander, elle chercha ses lèvres et lui en déroba un morceau.

Cette nuit-là, Julia goûta à la goyave pour la première fois, et sans le savoir, elle conçut son premier enfant, par l'œuvre et la grâce de ce Saint-Esprit dont elle ne sut jamais le nom. Cette nuit fut suivie de beaucoup d'autres, mais leur relation prit fin quand le bateau arriva au port. Julia y était montée en quête de liberté. S'enchaîner à un homme qui vivait en mer était une servitude qu'elle n'était pas disposée à accepter, encore moins s'agissant d'un individu aussi italien que son père.

Une fois sur terre, l'immigrante italienne ne manqua pas d'admirateurs. La nouvelle de sa beauté se répandit rapidement dans le village, et à peine futelle arrivée chez nous que les prétendants défilèrent sous sa fenêtre pour lui offrir des cadeaux et une vie meilleure, tous prêts à donner leur nom de famille au petit être humain qui poussait dans ses entrailles.

Julia avait choisi Fernando, l'un des rares Noirs non métissés qui restaient dans ce village où les couleurs s'étaient mélangées. Lorsque l'Italienne vit la peau de charbon du jeune homme et qu'elle inspira son parfum de sable, de coco et de soleil, elle sentit dans son bas-ventre l'appel du désir, qu'elle confondit – comme cela arrive souvent – avec l'amour. Elle s'approcha de l'élu, lui offrit son plus beau sourire, l'embrassa sur la joue avec ardeur et, par ce geste, écarta le reste de ses prétendants.

Fernando avait pris l'habitude de venir chaque après-midi chez mon arrière-grand-mère Yolanda. Julia occupait la chambre de service, située au rez-de-chaussée de notre grande maison coloniale, avec ses galeries et ses fenêtres en bois. Si dans un foyer décent un homme n'était autorisé à entrer que sous la stricte surveillance d'au moins deux adultes, s'agissant de la bonne, qui de surcroît était enceinte, l'arrière-grand-mère Yolanda avait un peu lâché la bride et permis à Fernando de venir rendre visite à Julia sans la présence gênante d'une chaperonne ; et par la même occasion, de l'aider au jardin ou pour les tâches pénibles, sans bien sûr toucher le moindre centime, et ce pour le pur plaisir d'être auprès de sa fiancée italienne.

Fernando travaillait du matin au soir dans la ferme des Pérez Luján, mais dès que le soleil se couchait, il courait chez nous retrouver sa Julia et faire, gratuitement et de bonne grâce, ce que l'arrière-grand-mère Yolanda lui demandait. Le ventre de Julia était de plus en plus gros, raison pour laquelle

Fernando se consacra bientôt à prendre soin de la femme enceinte comme si le bébé était de lui. Ainsi, parmi les odeurs de mer, d'herbe fraîchement coupée et les saveurs créoles et italiennes, les mois passèrent jusqu'à cette matinée ensoleillée qui vit naître le poète et, avec lui, la folie de mon arrière-grand-mère Yolanda.

Les contractions de Julia commencèrent en pleine nuit. Ma grand-mère Cornelia courut prévenir Fernando et la sage-femme, et dès 3 heures du matin, ils attendirent tous l'arrivée du poète. Dans la chambre de Julia, se serraient mon arrière-grand-père, qui se reposait entre deux missions ; mon arrière-grand-mère Yolanda, qui se réjouissait des bons augures qu'un nouveau-né apporte dans une maison ; Julia, avec ses douleurs ; Fernando, avec son angoisse ; l'accoucheuse, avec sa patience ; et ma grand-mère Cornelia, émue d'assister pour la première fois à une naissance.

Le poète naquit à 9 heures du matin, sans souffrance ni cri, ainsi qu'il vivrait la majeure partie de son existence. Ce jour-là, débuta l'histoire d'amour entre mon arrière-grand-mère Yolanda, trente-quatre ans, et le poète, âgé d'à peine quelques minutes.

Après avoir lavé le nourrisson, coupé son cordon ombilical et déclaré émerveillée que c'était l'un des plus beaux et des plus sains bébés qu'elle eût fait naître, la sage-femme tendit le petit à sa mère, qui le présenta ensuite aux autres. Ce moment n'eut rien de particulier, jusqu'à ce que vînt le tour de mon arrière-grand-mère. Julia l'avait pris dans ses bras, en lui donnant un prénom et en le couvrant de baisers. Fernando l'embrassa sur le front et le bénit comme s'il était le père, tout en sollicitant la protection de Pancrace, saint patron de la santé et du travail, et d'Expédit, son saint de confiance. L'arrière-grand-père le prit ensuite dans ses bras et fit remarquer que l'enfant avait un nez de personne intelligente, qu'il ressemblait à un poète, et, bien que personne dans la pièce ne fût d'accord avec ce commentaire, le nouveau surnom se grava plus profondément dans le vocabulaire familial que le véritable prénom du garçon, lequel fut très vite oublié.

Vint donc le tour de l'arrière-grand-mère Yolanda ; elle prit le poète dans ses bras avec un sourire tendre qui disparut dès qu'elle le regarda dans les yeux. « Alfonso ! » lâcha Yolanda en poussant un cri d'effroi. Elle perdit le contrôle de ses mains et laissa tomber le bébé, qui, né sous une bonne étoile, atterrit sans heurt sur le lit. Surprise, Julia serra son fils contre elle, et tous ceux qui se trouvaient là virent l'arrière-grand-mère – d'ordinaire si aristocratique et distinguée – perdre la face et quitter précipitamment la pièce, puis la maison, prise de panique.

D'après ce que Cornelia raconta à maman bien des années plus tard, sa mère avait filé chez le curé ce matin-là, qui lui donna pour pénitence de passer le reste de la journée à égrener rosaire après rosaire sur la place du village. Le soir venu, elle avait retrouvé son intégrité, et elle retourna, digne comme à son habitude, dans la chambre du nouveau-né, dont elle ne sortit pas de la nuit.

Les deux femmes ne fermèrent pas l'œil jusqu'au lendemain : l'arrière-grand-mère Yolanda susurrait le prénom Alfonso tous les quarts d'heure, et Julia protégeait son fils d'un potentiel accès de folie de sa maîtresse.

D'après les souvenirs de ma grand-mère Cornelia, qui avait repêché au fond de sa mémoire ces épisodes de jeunesse afin de reconstituer la douloureuse étape de sa vie que son cerveau avait voulu effacer, l'arrière-grand-mère Yolanda ne cessa plus, à partir de la naissance du poète, de jongler entre moments de folie et éclairs de lucidité, dans une proportion d'un déséquilibre de plus en plus favorable à la démence.

Depuis cette première nuit passée aux côtés du poète, l'arrière-grand-mère Yolanda ne se sépara plus jamais de lui. Dans ses moments de raison, qui étaient nombreux au début, elle présentait ses excuses aux membres de la maisonnée pour sa conduite inexplicable, et elle allait s'enfermer dans sa chambre – avec le poète dans les bras – pour pleurer, inconsolable, comme si elle pressentait que sa fin approchait.

Alfonso n'était pas le vrai prénom du poète, mais mon arrière-grand-mère Yolanda l'appela toujours ainsi. Après qu'elle fut assassinée, toute la famille apprit l'histoire qu'elle s'était tant efforcée d'occulter : Alfonso avait été le premier amour de Yolanda (j'oserais même dire l'unique). Elle avait seize ans au moment de leur rencontre et en tomba aussitôt amoureuse. Alfonso, alors âgé de dix-sept ans, venait d'emménager au village avec son père, le nouveau médecin envoyé dans la région. Alfonso aidait le docteur à mesurer et à peser ses patients, et il devint ainsi le premier homme à effleurer la peau de mon arrière-grand-mère.

Yolanda, qui avant de rencontrer Alfonso n'avait jamais ressenti l'appel de la chair et se comportait comme la demoiselle vertueuse qu'on lui avait appris à être, céda à l'amour et vécut une romance torride avec le fils du médecin, passion consignée dans son journal intime et les lettres d'amour qu'ils s'envoyèrent mutuellement, et que mon arrière-grand-mère lirait et relirait des années plus tard au poète nouveau-né, convaincue qu'il était la réincarnation de son amant adulé et éternel.

Par ailleurs, une telle certitude n'avait pas beaucoup de sens ; non seulement parce que le concept même de réincarnation n'en a pas, mais aussi parce que, pour qu'il y ait réincarnation, il faut qu'il y ait un mort, or Alfonso était encore vivant lorsque naquit le poète.

La romance de mon arrière-grand-mère Yolanda et d'Alfonso atteignit abruptement son apogée un après-midi d'avril. Peu après avoir donné son corps et sa promesse d'amour éternel au fils du docteur, l'arrière-grand-mère Yolanda découvrit qu'il était déjà fiancé à une autre. La fille en question (son journal intime parle d'une « petite vierge insipide et idiote de la capitale ») avait probablement entendu des rumeurs sur la liaison de son promis et, peu encline à lâcher sa proie, elle débarqua un jour dans notre village en robe de mariée, alla récupérer son homme au cabinet du docteur et le mena directement à l'église du père Carmelo, où tout avait été prévu pour que la cérémonie ait lieu. La nouvelle de l'arrivée de cette femme vêtue de blanc se répandit comme un virus à travers le village et chacun se rua à l'église (y compris mon arrière-grand-mère incrédule) pour voir les fiancés échanger leur oui éternel devant Dieu ; un « oui » un peu titubant de la part du jeune galant, il faut bien l'admettre, mais un « oui » quand même.

Avec la bénédiction de son père à lui et de sa mère à elle, les mariés partirent avec le train de l'après-midi fonder une famille dans une autre ville. Mon arrière-grand-mère avait tout juste dix-sept ans, mais depuis ce jour et ce jusqu'à son dernier, elle se sentit et vécut comme si elle en avait soixante-dix.

Elle mit le grappin sur mon arrière-grand-père peu après, à la fin d'une messe dominicale, et s'en servit de canne émotionnelle jusqu'à ce que la mort les sépare. Pourquoi s'était-elle persuadée que le bébé de Julia était l'amant qui l'avait abandonnée des années plus tôt ? Nul ne le sut jamais. La folie en général, et surtout celle que chaque femme de ma famille porte dans ses gènes, n'a pas besoin de raison logique pour prendre nos consciences au dépourvu.

L'assassinat de l'arrière-grand-mère Yolanda, c'est une autre histoire. Mais qui ne serait jamais arrivée si elle n'avait pas été aussi obnubilée par le poète.

Comme je l'ai déjà raconté, mon arrière-grand-mère Yolanda ne se séparait plus du nourrisson, qu'elle appelait Alfonso. Ni les supplications de Julia, ni les arguments de l'arrière-grand-père, ni les conseils du curé ne purent éviter cet attachement. Yolanda dormait chaque nuit avec son poète et on la trouvait le jour dans la chambre de sa servante italienne. Le temps passant, désespéré par le manque d'intimité avec sa bien-aimée, Fernando commença à croire aux rumeurs qui accusaient sa Julia de sortir l'après-midi – profitant que son amoureux travaillait chez les Pérez Luján et que son fils était surprotégé par une autre – pour se pavaner dans le village et séduire les hommes mariés ou les marins de passage.

S'il était vrai que Julia sortait souvent, c'était pour faire les commissions dont la chargeait l'arrière-grand-mère Yolanda dans le but de rester seule avec son amour, qui à cette époque allait sur ses deux ans. Julia ne fit jamais rien pour séduire les maris de ces dames qui s'évertuaient à répandre la rumeur. Non parce qu'elle n'aurait pas eu de charmes ni de désirs (l'intimité avec Fernando lui manquait à elle aussi), mais parce que, pour être sincère, ces messieurs chauves et ventrus qui la regardaient avec ardeur auraient eu bien du mal à la sortir du chagrin dans lequel elle était plongée depuis que Yolanda avait mis un terme à sa vie privée. Mais chasteté et raison ne font pas bon ménage, et la jalousie de Fernando prit le pas sur sa sagesse et son amour pour l'immigrante italienne.

Un samedi soir, après avoir passé la journée au bar, seul et ruminant sa peine, noyant son désir dans l'alcool et tâchant d'ignorer les moqueries au sujet de la réputation de sa femme, de la part des villageois frustrés, Fernando en eut assez. Il alla chercher sa machette et courut à la chambre de sa bien-aimée pour venger son honneur de mâle. Qui sait d'ailleurs si les mots « machette » et « macho » ont une étymologie commune depuis que certains hommes se servent de cet outil pour prouver leur virilité ? Le fait est que Fernando trouva Julia endormie et, sans prendre le temps de risquer de changer d'avis, il lui ôta subitement la vie. Puis il laissa tomber son arme à terre et se précipita dehors en hurlant des injures et en maudissant son sort. Jamais plus on ne le vit au village, il ne retourna pas travailler chez les Pérez Luján, et il est probable que, jusqu'à sa mort, le pauvre Fernando ne soupçonna pas un instant qu'il avait tué la mauvaise femme.

En effet, cette nuit-là, celle qui dormait dans la chambre de service à côté du berceau du poète n'était pas Julia, mais mon arrière-grand-mère Yolanda; permutation que Fernando n'avait pas remarquée dans l'obscurité. Incapable de s'endormir à cause des ronflements de la maîtresse de maison, installée comme chaque nuit dans sa chambre, Julia était allée trouver refuge dans celle de Yolanda profitant que l'arrière-grand-père était en déplacement – après tout, ne dit-on pas « pas vu, pas pris » ? Lorsqu'elle trouva enfin le sommeil à l'aube, elle fut réveillée par les cris de son homme ivre et par l'odeur de la mort.

De zéro à sept ans

PRIMITIVA, BEC DE BIQUE

Malheureusement pour moi, la première fois que j'ai mis les pieds à l'école, mon corps était encore à cent pour cent sous domination de Primitiva ; souffrance qui durerait jusqu'à mes huit ans, lorsque je me changerais en Mulatona Montiel. Cette petite fille que j'ai jadis été, et que tout le monde sans exception appelait Primitiva, n'a jamais eu beaucoup d'appétit. Maman, ma tante Santa et le poète s'efforçaient de la faire manger, mais elle mâchait chaque bouchée trente-trois fois, ce qui faisait durer le moindre repas une éternité. Voilà pourquoi les adultes se relayaient pour la nourrir, un supplice d'autant plus pénible qu'elle avait pris l'habitude de ne pas avaler. Au lieu d'ingérer la bouillie conséquente de son long processus de mastication, Primitiva la gardait dans ses joues comme un écureuil, et aucun pouvoir humain, aucune punition ni aucune menace de coup de ceinture ne lui aurait fait avaler ces aliments contre sa volonté. Eh oui, Mulatona Montiel et Primitiva Serapio ont toujours eu ça en commun : nous sommes deux sacrées têtes de mule.

La veille au soir de mon premier jour d'école, tante Santa avait préparé des saucisses avec des pommes de terre au four et des choux de Bruxelles. Primitiva en avala deux bouchées tout en stockant le reste, bien mâchouillé, derrière ses gencives. Malgré les réprimandes de sa mère et la promesse du poète de lui acheter la Barbie qu'elle voulait si elle avalait sa nourriture quand il aurait compté jusqu'à cinq, Primitiva préféra garder son cher trésor dans sa bouche jusqu'au lendemain matin. Quand ils voulurent la faire petit-déjeuner, elle répondit qu'elle était encore en train de dîner, mais l'excuse ne fut pas prise en considération. Sa mère la força à manger ses céréales en forme d'animaux, qui se mélangèrent aux choux de Bruxelles coincés dans ses joues.

Ce premier jour d'école fut particulièrement traumatisant pour Primitiva, qui venait d'avoir cinq ans. Si seulement Mulatona avait été là, rien ne se serait passé ainsi, mais je me suis obstinée à rester cachée jusqu'au huitième anniversaire de Primitiva.

En ce matin sombre et froid où on l'obligea à se lever plus tôt que jamais au cours de sa brève existence, Primitiva partit pour l'école, partagée entre émotion et terreur. Sa mère et sa tante Santa la laissèrent seule dans la cour de récréation, où jouaient tout un tas d'enfants : Primitiva resta là debout, les yeux bien fermés, jusqu'à ce que Mlle Fuentes vînt la chercher pour lui faire rejoindre ses petits camarades. Dès qu'elle avait peur, Primitiva fermait les yeux, convaincue que si elle ne voyait personne, personne ne la verrait. Ses paupières lui servaient de cape d'invisibilité. À chaque fois qu'elle voulait se sortir d'une mauvaise passe, elle fermait les yeux et entrait dans le monde de l'obscurité, où elle se sentait en sécurité et où personne ne pouvait l'embêter. Tout le contraire de moi, Mulatona Montiel, à qui personne ne cherche des noises et qui garde toujours les yeux grands ouverts pour ne jamais rien rater.

La journée commença, tous les enfants s'assirent en cercle. Ce fut alors que débuta le premier supplice : Primitiva devait prononcer son prénom en public. Jamais jusqu'alors elle ne s'était retrouvée seule et, qui plus est, en situation de devoir se présenter devant d'autres gens. Cependant, elle savait par intuition que son prénom était très laid et qu'il serait raillé par ses nouveaux camarades. Ce qu'elle n'aurait pu imaginer même dans ses pires cauchemars, c'était l'enfer qu'il lui serait donné de vivre ce matin-là puis tous les autres, à partir de cet instant et jusqu'à ses huit ans.

Le jeu proposé par Mlle Fuentes était simple, et si elle avait porté n'importe quel autre prénom,

Primitiva aurait sûrement trouvé cette activité amusante. Chaque enfant devait dire comment il s'appelait d'une manière spéciale, et le reste de la classe, répéter après lui en imitant le ton employé. De sorte que si un élève se présentait en chantant, les autres devaient répéter non seulement le prénom mais aussi la mélodie. Ils étaient quinze, Primitiva s'en souvient précisément ; à sa gauche était assis Ricky, le diable en personne, incarné dans le corps d'un morveux de cinq ans et demi.

Le jeu commença, Primitiva était la huitième, selon l'ordre établi. Elle était si concentrée sur elle-même, réfléchissant à la manière de dire comment elle s'appelait sans que les autres enfants ne la comprennent, qu'elle ne s'aperçut pas que, lorsqu'elle ouvrait la bouche pour répéter le prénom et l'intonation de ses camarades, il s'échappait du petit écosystème de ses joues une odeur nauséabonde de chou de Bruxelles, macérant avec de la saucisse et des céréales ; une odeur suffisante pour la transformer en victime éternelle de Ricky.

Prédisposée par les enseignements de tante Santa, qui lui avait appris que tout ce qu'on craint finit par arriver, Primitiva savait que l'enfer commencerait dès que viendrait son tour de parole. Et il en fut ainsi : quand ce fut à elle, elle dit « Primitiva » avec si peu d'entrain que seuls ses deux voisins les plus proches purent l'entendre. Durant les dix secondes de silence que mit le reste de la classe à essayer de deviner ce que venait de dire la maigrichonne aux joues de hamster, Ricky en profita pour lancer son premier dard empoisonné :

— Primitiva, bec de bique ! cria-t-il.

Et bien que les autres enfants n'eussent rien compris à ce qu'il venait de dire, ils éclatèrent de rire, conscients qu'à l'école, celui qui ne tue pas meurt. Malgré leur très jeune âge, ils avaient tous compris qu'il était préférable de se trouver du côté du bourreau que de celui de la victime. Instinct de survie élémentaire.

— Qu'est-ce que tu dis, Ricky ? lui demanda en souriant Mlle Fuentes, avec l'innocence de ceux qui ne se rendent jamais compte de rien.

— Je dis que Primitiva elle a la bouche qui sent la bique, maîtresse.

Ricky fut envoyé au coin, l'endroit où il passerait la majeure partie de son enfance, mais il était déjà trop tard. Le mal était fait, aucune punition n'y pouvait rien. Et bien qu'à partir de ce jour elle avalât ses bouchées mastiquées trente-trois fois, Primitiva fut surnommée Bec de bique pour le restant de son enfance. Jusqu'à ce que j'arrive pour la défendre, bien entendu.

1941-1959

GRAND-MÈRE CORNELIA ET LE POÈTE

ou la première partie d'un amour en plusieurs tomes

Julia n'eut pas besoin d'entrer dans la chambre où sa patronne avait rendu son dernier souffle pour comprendre que l'arrière-grand-mère Yolanda était morte. Le poète, sans la moindre blessure, mais tout éclaboussé de sang, attendait sa mère sans pleurer, recroquevillé dans le couloir. Sans prendre le temps d'y réfléchir ne serait-ce qu'une demi-seconde – elle savait qu'elle serait la première à être suspectée du meurtre et que rester dans ce village sans travail ni fiancé n'avait plus de sens –, Julia fourra quelques vêtements dans une valise de mon arrière-grand-mère, déroba quelques billets pour elle et son fils, et s'apprêta à quitter notre maison, comme elle l'avait fait avec l'Italie qui l'avait vue naître et grandir : déterminée à ne plus jamais revenir. Mais quand elle fut sur le point de franchir le seuil, une voix l'arrêta : c'était ma grand-mère Cornelia.

Jusqu'à ce fameux jour où elle se réveilla complètement dérangée, ma grand-mère Cornelia fut dotée de l'un des esprits les plus fins qu'on eût connus dans la famille et le village. Elle était si intelligente que, même quand elle ne perdait aucun détail de ce qui se passait autour d'elle, et bien qu'elle ait compris depuis son plus jeune âge la nature équivoque et imprévisible des relations humaines, elle se garda toujours de donner son avis, à moins qu'on le lui demande. Enfant déjà, elle était observatrice, solitaire et discrète, préférant sa propre compagnie à celle de n'importe quel autre être humain ou animal. Cette tranquillité de ceux qui savent être bien seuls dura jusqu'à ce qu'elle devienne dépendante du poète, mais cela n'arriva que beaucoup plus tard.

Comme toute fille unique, elle était habituée à jouer seule et trouvait toujours des manières de se divertir, ou du moins de passer le temps. L'arrivée de Julia fut l'un des moments les plus heureux de sa jeunesse, car il marqua un avant et un après dans son quotidien. Elle avait enfin la satisfaction de vivre sous le même toit qu'une personne digne d'admiration.

Ma grand-mère Cornelia s'était toujours bien entendue avec sa mère Yolanda, mais jamais au point de vouloir suivre ses pas dans la vie. C'était une relation cordiale, bien qu'ennuyeuse, sans camaraderie ni admiration mutuelle. L'intelligence de son père comme celle de sa mère lui parurent toujours limitées. Cornelia avait de la tendresse pour eux, mais elle n'avait jamais réussi à admirer leur esprit provincial et leurs enseignements désuets, et encore moins leur relation stagnante et totalement exempte de passion. Cornelia faisait pour elle-même de grands projets, rêvait d'hommes séduisants et d'excitantes aventures. La vie de Julia, qui voyageait seule d'un pays à l'autre, ressemblait beaucoup plus à ce qu'elle avait en tête concernant son avenir. Raison pour laquelle, avec Julia, tout fut différent dès le départ : ma grand-mère enviait sa longue chevelure (qu'elle ne se lassait pas de coiffer et de décoiffer), ainsi que le soin qu'elle mettait à dorloter ses pieds et la beauté et la coquetterie naturelles qui lui avaient fait séduire tous les hommes du village. Elle admirait son indépendance et sa liberté d'esprit, qui l'avaient poussée à quitter son pays – et sa famille, qu'elle n'évoqua jamais et dont nous n'entendîmes parler que plus tard, de la bouche de son fils – pour recommencer, seule et sans crainte, une nouvelle vie.

En cette nuit fatidique, par la fenêtre de sa chambre plongée dans la pénombre, ma grand-mère Cornelia vit Fernando arriver avec sa machette dans une main et une bouteille presque vide dans l'autre, qu'il lança dans le jardin d'à côté après l'avoir vidée cul sec. Elle descendit les escaliers, prudente et effrayée, et fut témoin de l'assassinat de sa mère. Elle vit d'abord Fernando sortir de la chambre puis, quelques minutes plus tard, le poète, âgé de deux ans, qui alla se recroqueviller sur le sol froid en terre battue – sans pleurer, car, il en était ainsi, le poète n'avait jamais su comment faire –, attendant l'arrivée de sa mère. Tandis qu'elle manigançait déjà en silence des plans pour les années à venir, Cornelia attendit que Julia arrive sur la scène du crime et elle la suivit sans être vue. Elle l'espionna pendant qu'elle faisait sa valise, la vit voler un peu d'argent et se dépêcher de partir. Quand elle l'intercepta, environ une heure après l'assassinat, elle avait déjà échafaudé le plan qu'elles mettraient en pratique le soir même. Ma grand-mère Cornelia, du haut de ses seize ans à peine, fit revenir Julia à la raison : où irait-elle avec si peu d'argent et un enfant qui n'avait pas encore fini d'apprendre à parler et à marcher ? Si elle s'enfuyait, elle serait immédiatement suspectée d'homicide et la police la chercherait dans tout le pays ; si elle restait, en revanche, elle serait d'une grande aide pour l'arrière-grand-père, elle participerait aux tâches domestiques et à l'éducation de Cornelia, elle pourrait scolariser le poète, sans porter le poids d'une maîtresse de maison qui lui donnerait des ordres absurdes et envahirait son intimité. D'une certaine manière, Fernando, en voulant la tuer et en assassinant sa patronne par erreur, lui avait rendu service.

Julia se raisonna et se rendit compte que la proposition de ma grand-mère Cornelia avait beaucoup plus de sens que de prendre la fuite et tout reprendre à zéro. Seul Fernando inquiétait Julia : s'il avait déjà essayé de la tuer, il recommencerait sans doute quand il s'apercevrait qu'il avait éliminé la mauvaise femme. Mais Cornelia savait que Fernando ne remettrait pas les pieds dans notre village, et si jamais il le faisait, elles avaient en leur possession rien de moins que l'arme du crime, en plus du témoignage d'une jeune fille bien comme il faut, pour le condamner à perpétuité. Sans compter les témoins qui l'avaient vu sortir du bar ivre et en furie ce soir-là.

Ainsi commença la suite de la jeunesse de ma grand-mère Cornelia, période où elle vécut heureuse dans sa maison natale, en compagnie de Julia et du poète et des rares visites de mon barbant arrière-grand-père sans nom.

Avec Julia, Cornelia apprit l'art subtil de la coquetterie et la science infaillible de l'alchimie culinaire, les deux seules qualités dont une femme avait besoin à cette époque pour conquérir les célibataires les plus convoités ; malgré tout, longtemps, aucun homme ne parvint à attiser les ardeurs de ma grand-mère. Aucun ne ressemblait aux héros forts et combattifs, mais aussi vulnérables et idéalistes, qu'elle trouvait dans ses romans. Tous semblaient vouloir une femme uniquement pour se marier et avoir des enfants, pas pour échanger des idées ou élaborer des projets communs au-delà de la construction d'un foyer conventionnel. Raison pour laquelle, et parce qu'elle ne subissait plus la pression d'une mère qui l'aurait obligée à choisir rapidement un prétendant, ma grand-mère Cornelia se maria tard. L'autre facteur déterminant fut que, lorsqu'elle trouva un fiancé à sa mesure, le galant en question mit de années à se décider. Elle finit par convoler à dix-neuf ans, ce qui n'était plus tout jeune pour l'époque. Ses cousines âgées de seize ans avaient déjà enfanté.

Lors de ses dernières années de célibat, ma grand-mère Cornelia se consacra à inculquer au poète, de quatorze ans son cadet, les idées qu'elle aurait aimé trouver chez un homme et qui faisaient tant défaut à ce village perdu d'Amérique latine. Elle ne s'était pas bornée à lui faire lire les romans d'aventures appréciés des jeunes garçons en ce temps-là.

Chaque soir Cornelia s'asseyait sur le lit du poète et lui lisait pendant une heure minimum des classiques de la littérature, de la poésie, des romans d'amour, les informations les plus marquantes du journal du jour, et allait même jusqu'à lui simplifier les grands textes de la philosophie antique qui traitaient des concepts tels que l'amour et le bonheur. Ils découpaient puis collaient dans un carnet, que je conserve encore comme le plus précieux héritage de mes ancêtres, les articles de presse qui leur semblaient les plus intéressants.

Ainsi ma grand-mère éveilla-t-elle chez le poète, dès son plus jeune âge, l'amour de la connaissance et une curiosité insatiable pour le monde, qu'il garda toute sa vie.

La journée, sous le regard amusé et approbateur de Julia, ma grand-mère Cornelia apprenait au poète (qui avait à peine cinq ans mais déjà le sérieux et la discipline d'un petit adulte) à faire le ménage, la vaisselle, et à préparer de bons petits plats. Les deux femmes et l'enfant passaient leurs matinées à cuisiner par pur plaisir, tout comme elles nettoyaient et rangeaient pour le simple goût d'habiter une maison accueillante.

À la tombée de la nuit, comme le faisaient toutes les jeunes filles en âge d'être mariées, ma grand-mère Cornelia – dix-huit ans tout juste – s'asseyait sur le rebord de la fenêtre pour regarder passer les garçons. L'après-midi, à travers les barreaux, elle recevait la visite de Paoli, un bel ingénieur qui se mit à l'idolâtrer (ce qui n'était pas réciproque) dès sa première apparition angélique à la fenêtre. Ma grand-mère lui concédait quelques minutes de conversation, mais elle se débrouillait toujours pour le renvoyer avant le passage du tramway de 18 heures.

Ma grand-mère Cornelia attendait impatiemment cette heure depuis le jour où elle avait vu cet homme aux airs d'acteur de cinéma européen, dont le regard avait réussi à transpercer ses barreaux et sa sérénité. Lorsqu'elle le vit pour la première fois, ma grand-mère Cornelia sentit son estomac tomber à pic et atterrir dans son bas-ventre, son entrejambe humidifié par l'impact.

Les cloches de l'église sonnaient six coups, ma grand-mère s'arrangeait les cheveux pour la septième fois, le tramway passait et l'Européen la regardait droit dans les yeux, le temps d'une poignée de secondes pourtant plus interminables qu'une messe, et Cornelia implorait le Ciel pour qu'il descende. Le tramway s'arrêtait, ma grand-mère souriait avec coquetterie, dans l'expectative, se servant de tous les artifices appris de Julia, dans l'espoir qu'ils l'aident à camoufler son physique peu avantageux. L'Européen lui rendait son sourire, mais le tramway reprenait sa route, emportant l'étranger et laissant à ma grand-mère un goût doux-amer dans la bouche et la vaine espérance que leur rencontre serait pour le lendemain.

Telle était devenue sa triste routine de l'après-midi. Le poète observait la scène et s'étonnait de voir comment sa chère Cornelia perdait chaque jour deux heures durant toute trace de son intelligence habituelle. Un jour, dans la simple intention de récupérer sa professeure tant aimée, le poète, avec son intelligence précoce, échafauda un plan pour en finir avec cette torture. Décidé, il sortit sans que Julia ni ma grand-mère ne s'en aperçoivent. Bien qu'étant un port de pêche, le village était encore sûr à cette époque-là, et le petit poète, sans pour autant en avoir le droit, pouvait entrer et sortir de chez lui comme bon lui semblait, une aubaine dont sa curiosité le poussait à profiter régulièrement.

Cet après-midi-là (un autre qui marquerait le destin de notre famille), Cornelia reçut comme toujours la visite de Paoli à travers la grille, et elle le renvoya poliment à 17 h 45. À 17 h 50, elle commença à arranger compulsivement ses cheveux, et à 18 heures, elle vit arriver le tramway tant attendu. Son cœur fit un bond quand, pour la première fois depuis des mois, le tramway passa devant sa fenêtre sans l'Européen dedans. Elle se leva pour vérifier si sa vue ne lui jouait pas des tours, mais lorsqu'elle eut la confirmation que son acteur de cinéma n'était pas là, son esprit fut assailli de pensées tragiques. Et si elle ne le revoyait jamais ? Et s'il était parti à la guerre ? Et s'il avait succombé à une maladie soudaine et fulgurante ? Un coup à la porte la sortit de sa torpeur : c'était le poète, qui tenait l'Européen par la main.

Sans être vu du conducteur, l'enfant était monté par la porte arrière du tramway un peu avant l'arrêt de la rue du Parc. Se frayant un chemin parmi la foule qui sortait des bureaux, le poète avait réussi à se glisser à côté de l'Européen. Avec la licence qu'ont les enfants de cet âge, il avait mis sa main dans la sienne et, lui offrant son plus beau sourire, il lui dit qu'il s'était perdu. Après que le petit garçon lui eut décrit sa « grande sœur », toujours assise à sa fenêtre à barreaux, l'Européen sut où il devait raccompagner l'innocente créature, comprenant que c'était là l'occasion de rencontrer cette jeune fille au regard intelligent qui lui souriait chaque jour depuis sa prison.

L'Européen se révéla aussi latino-américain que Cornelia, mais lui aussi s'était fourvoyé en pensant que les yeux noirs et en amande de sa bien-aimée étaient d'origine turque. Depuis lors, il se mit à rendre visite à ma grand-mère tous les jours. On ne sait comment la nouvelle se répandit (le poète s'en était probablement chargé), toujours est-il que Paoli ne repassa plus jamais devant ladite fenêtre.

Quelques semaines après cette première rencontre, le Latino-Européen annonça qu'il partait une année en Europe pour faire une thèse à l'université (une éternité !). Cependant, ma grand-mère était certaine que ce serait là l'excuse idéale pour qu'il lui demande sa main, qu'elle était prête à lui donner sans la moindre hésitation ; hélas, cela n'arriva pas. Le Latino-Européen s'en fut sans la demander en mariage, mais en faisant la promesse de lui écrire une fois par semaine.

Ce qu'il fit avec la ponctualité promise ; et tout aussi rigoureusement, chacune de ses missives reçut une réponse de ma grand-mère. Toutes, sauf une. Un jour, arriva entre les mains de ma grand-mère Cornelia la lettre que n'importe quelle personne engagée dans une relation à distance craint de recevoir. Un mercredi matin – avec une précision allemande, ainsi qu'elle le raconterait bien des années plus tard à ma mère – le facteur se présenta avec son habituel petit paquet de plis. Du tas dépassait le papier jaune clair qui distinguait des autres lettres celles du Latino-Européen. Ma grand-mère l'arracha des mains du facteur – qui s'était habitué à ces emportements –, puis courut s'enfermer dans sa chambre pour la sentir, l'embrasser et la lire.

Elle en sortit quelques minutes après, baignée de larmes, pour se réfugier dans les bras de sa Julia. Dans sa lettre, le Latino-Européen mettait un terme à leur relation. Il lui disait avoir rencontré quelqu'un en Europe et que leur histoire était vouée à l'échec.

Après la douleur initiale, qui dura exactement dix heures d'obscurité et de désespoir, l'intelligence de ma grand-mère eut raison de ses émotions. Pragmatique, Cornelia se leva de son lit trempé de larmes, elle passa sous l'eau son visage bouffi, prit un bain chaud et s'enferma dans le bureau de mon arrière-grand-père sans nom toute une journée et une nuit, sans en sortir, pas même pour manger ni aller aux toilettes. Sur un tas de papiers dont ma grand-mère se débarrassa immédiatement (c'étaient ce genre de choses qu'on ne peut archiver), ma grand-mère rédigea toutes les options envisageables qu'elle avait désormais dans la vie. À son âge, elle n'avait plus de temps à perdre, c'était le moment de prendre une décision.

Si elle voulait à tout prix avoir une descendance, elle pouvait toujours se marier avec Paoli, qui n'avait pas encore trouvé de nouvelle fenêtre à visiter. Elle pouvait aussi se faire nonne, et aurait ainsi de longues heures au couvent à consacrer à la lecture et à l'écriture – deux de ses activités préférées, hormis la cuisine – sans personne pour la déranger.

Elle écarta sans trop d'efforts ces deux possibilités, car aucune n'était compatible avec ses rêves. Si ce n'était pas avec le Latino-Européen, alors ce ne serait avec personne ; pas même avec Dieu. Elle décida donc d'envoyer une lettre désespérée à son acteur de cinéma. Que lui dirait-elle ? Là fut la question qui lui prit le plus de temps. Elle pouvait lui dire qu'elle lui pardonnait et l'attendrait toujours, ou bien que son existence n'avait aucun sens sans lui et que, s'il ne revenait pas d'ici un mois, elle mettrait fin à ses jours. Le suicide ne faisait pas tellement partie des plans de ma grand-mère, mais cela, le Latino-Européen n'avait pas à le savoir.

Cornelia rédigea et jeta plusieurs brouillons, jusqu'au moment de l'eurêka ; la pomme tomba et elle fut frappée d'un éclair de génie : la meilleure réponse était le silence, elle ignorerait sa lettre comme si elle ne l'avait jamais reçue. Pourquoi n'y avait-elle pas pensé avant ? Elle allait lui écrire l'une de ses habituelles missives enflammées et confiantes en l'avenir, comme si de rien n'était.

Il semble que ses lointaines amours européennes ne durèrent pas, car après quelques semaines, le galant reprit sa correspondance amoureuse avec ma grand-mère Cornelia et revint au pays dans les mois suivants – diplôme en poche –, prêt à l'épouser.

D'après ce que ma grand-mère avait raconté à ma mère, lors d'un après-midi passé à discuter avant qu'elle devienne folle à cause du poète, son mari – c'est-à-dire, mon grand-père – n'a jamais su que Cornelia avait reçu, lu et relu cette lettre dans laquelle il mettait un terme à leur histoire. Grand-mère Cornelia joua la comédie jusqu'à la fin.

En 1944, elle épousa son Latino-Européen, puis ils eurent rapidement l'aînée de mes tantes, Berta, qui naquit simple d'esprit (par la faute du poète, certains disent). Ma grand-mère avait alors dix-neuf ans, et le poète, son futur amant, venait de fêter ses six ans.

Cornelia se maria physiquement vierge mais mentalement perverse. Toutes ses lectures lui avaient empli le ventre d'une curiosité et d'un appétit sexuel qui lui firent attendre sa nuit de noces avec l'impatience d'un enfant qui espère l'arrivée de saint Nicolas ou du Père Noël. Et ce fut avec la déception d'un tout-petit qui ouvre son cadeau et découvre une paire de chaussettes sous le papier coloré que ma grand-mère goûta pour la première fois à la sexualité.

L'abîme entre la littérature et la réalité la surprit. Elle ne ressentit aucun de ces spasmes décrits par ses héroïnes préférées, et n'eut pas tellement envie de retenter l'expérience une deuxième fois. Heureusement, le grand-père n'insista pas non plus. Dès cette première nuit, leurs rapports sexuels se limitèrent à un coït par mois, toujours sous le prétexte strict de la procréation.

En rentrant de sa lune de miel, ma grand-mère Cornelia refusa de se séparer de sa chère Julia et du poète. Comme il y avait dans la grande maison de la rue du Parc bien assez d'espace pour accueillir le jeune couple et sa future descendance, ils décidèrent d'y habiter. Il ne fut pas très difficile de convaincre le Latino-Européen de s'établir dans ce foyer accueillant, où il pourrait compléter sa collection déjà bien fournie d'animaux empaillés et œuvrer à ses conspirations internationales. De toute façon, avec son salaire de professeur de biologie, avec ou sans sa thèse, et pas même au terme de toute une vie de travail, il n'aurait pu se payer une maison comme celle-là.

Quel sacré personnage, ce grand-père latino-européen ! Tous les matins, il se levait à l'aube et partait se balader une heure au parc. Il rentrait revigoré pour se laver, s'habiller et se récompenser par un café au lait et deux tartines beurre-confiture déjà préparées par Julia quand il redescendait, gominé et parfumé. Pendant son petit déjeuner il lisait la première moitié du journal. La deuxième, il allait la lire aux toilettes, où il entrait ponctuellement à 7 h 30 et dont il sortait comme une montre suisse à 8 heures pile. De 8 à 9, commençait la phase étrange de son rituel : il s'enfermait dans la pièce qu'il avait aménagée en bureau et découpait les articles les plus notables du jour. Il écrivait ensuite une très longue lettre à une personne dont nous ne découvrîmes l'identité que bien plus tard – il se gardait toujours d'écrire son nom sur l'enveloppe avant d'arriver au bureau de poste – puis il allait donner ses cours après l'avoir postée. Le week-end aussi il en écrivait, mais elles étaient plus longues et leur rédaction pouvait lui prendre toute la matinée.

Ma grand-mère Cornelia trouvait cette activité suspecte, mais jamais elle ne posa franchement la question à son mari. Qu'aurait-elle pu lui demander ? S'il correspondait avec sa maîtresse, ma grand-mère préférait ne pas le savoir. Et si cette maîtresse était destinée à ruiner son jeune mariage, elle le saurait en temps venu. Aucune conversation et aucune crise de jalousie ne pourrait l'éviter. Au contraire, si elle cherchait la petite bête, il était plus que probable que le processus de désintégration matrimoniale n'en serait que plus rapide.

Lorsqu'elle s'aperçut de la routine des lettres, elle proposa plusieurs fois à son mari – dans le but de savoir à qui il écrivait – d'aller déposer son courrier sur le chemin du marché, mais le Latino-Européen refusa systématiquement. Durant leurs premiers mois de mariage, ce mystère occupa l'esprit de ma grand-mère, mais une fois enceinte de Berta, son mari cessa de la préoccuper.

Ni son mariage, ni les cachotteries de son époux, ni sa grossesse n'altérèrent fondamentalement le quotidien de ma grand-mère, qui n'avait rien changé à ses habitudes, sauf celle d'attendre à la fenêtre. Comme elle n'avait plus personne avec qui flirter (et le cas échant, elle n'en aurait de toute façon pas eu le droit), les après-midi qu'elle avait jadis consacrés à cette tâche devinrent également la propriété du poète. Ainsi donc, ma grand-mère Cornelia continua de se consacrer nuit et jour à la formation complète du fils de sa chère Julia.

Ni la mort de mon arrière-grand-père sans nom – dont personne ne sut me dire avec exactitude quand et pour quelle raison elle advint – ni les attentions requises de temps à autre par son mari ne parvinrent à altérer ce rigoureux jour après jour. Le matin, Cornelia cuisinait avec Julia, l'après-midi, elle aidait le poète à faire ses devoirs en rentrant de l'école, et le soir, elle lui lisait des contes avant que son époux vienne se coucher, ce qui n'arrivait jamais avant 23 heures. D'ordinaire, le poète dormait déjà à 22 heures et Cornelia le portait jusqu'à sa chambre. Seul l'épisode de la naissance de Berta parvint à changer drastiquement le cours de l'histoire de notre famille et à éloigner ma grand-mère Cornelia des deux personnes qu'elle avait le plus chéries dans sa vie.

Cornelia et le Latino-Européen dormaient dans l'ancienne chambre de Julia, là où l'arrière-grand-mère Yolanda était morte. Après l'épisode des coups de machette, ni Julia ni mon arrière-grand-père sans nom ne purent remettre les pieds dans cette pièce chargée de mauvais souvenirs. Mais Cornelia n'avait jamais cru au mauvais œil ni au surnaturel, et quand elle eut fini de nettoyer le sang de sa mère, elle s'installa dans cette chambre, d'où rien, et pas même le mariage, ne put la faire sortir. Elle donna la sienne à Julia, et l'arrière-grand-père continua de coucher dans la chambre matrimoniale (le peu de nuits qu'il passait à la maison) jusqu'à sa mort. À son acteur européen, Cornelia cacha l'assassinat de sa mère avec la même rigueur et la même détermination dont elle avait fait preuve en lui cachant qu'elle avait reçu sa lettre de rupture ; ainsi, son jeune époux n'eut visiblement jamais aucun problème à dormir dans la chambre de service.

À la mort de l'arrière-grand-père sans nom, Julia – qui avec les années et l'affection de Cornelia était passée de servante à maîtresse de maison (bien que toujours chargée des tâches domestiques et moyennant salaire) – investit la chambre matrimoniale.

Il avait beau avoir sa propre chambre, où Julia le couchait avec une discipline européenne tous les soirs à 20 heures, dès que sa mère en ressortait, le petit se précipitait dans la pièce maudite pour que

Cornelia lui lise une histoire. Seuls les rares soirs où la porte était fermée, avec un ruban rouge noué autour de la poignée (un soir par mois, pour être exacte), le poète retournait dans sa chambre ou rejoignait le lit de sa mère. Ces soirs-là, comme Cornelia le lui avait tendrement expliqué, c'était le Latino-Européen qui avait droit à une histoire.

Ainsi arrivons-nous à la naissance de ma tante Berta, date qui acta l'éloignement de Cornelia et du poète.

Le chant des crapauds qui annonçait la tombée de la nuit avait déjà commencé lorsque le petit poète en pyjama entra dans la chambre de Cornelia. Le Latino-Européen s'occupait de ses animaux dans son bureau et Julia devait regarder la nouvelle distraction de l'époque : la télévision. Prenant garde à ne pas se cogner contre son énorme ventre, le poète s'installa sur le lit où Cornelia l'attendait adossée à un tas de coussins. Ma grand-mère attrapa sur l'étagère une édition de luxe des *Mille et Une Nuits* qu'on lui avait offerte pour son anniversaire, et elle débuta sa lecture.

Shéhérazade avait à peine commencé à raconter au sultan sa première histoire quand Cornelia sentit une contraction. Résistante à la douleur, elle décida d'aller au bout de son récit avant de demander de l'aide. On n'attendait pas le bébé avant un mois et, puisqu'elle n'était pas encore mère, Cornelia ne pensa pas un instant que cette contraction eût pu annoncer la venue de sa fille, aussi ne s'inquiéta-t-elle pas vraiment. Julia, qui avait de l'expérience en matière d'accouchement, ferait office de sage-femme, et rien ne pressait puisqu'elle était juste à côté; de sorte que Cornelia poursuivit sa lecture. Quelques paragraphes plus tard, une deuxième contraction plus intense la fit s'interrompre un instant, mais après avoir respiré profondément, elle continua. À la troisième contraction, elle sentit un liquide épais et chaud couler le long de ses jambes : elle comprit alors que le moment de demander de l'aide était venu.

— Va chercher ta maman, dit-elle au poète, je suis en train d'accoucher.

— Quand tu auras fini l'histoire, répondit l'enfant.

— Je suis sérieuse, poète, va la chercher, mon bébé est en train de sortir!

Le poète, altier, rétorqua avec fermeté :

— Moi aussi je suis sérieux. Finis de me lire mon histoire et j'irai la chercher, ajouta-t-il.

Ma grand-mère Cornelia, incrédule devant la rébellion et la détermination du garçonnet, essaya de se lever pour aller chercher son accoucheuse au rez-de-chaussée, mais la douleur l'en empêcha.

— Poète, nom d'un chien, va chercher ta maman, je souffre le martyre!

— Finis d'abord l'histoire.

Cornelia appela Julia et son mari en hurlant jusqu'à s'en casser la voix. Elle n'obtint pas de réponse. Julia écoutait son émission radiophonique à plein volume et le Latino-Européen mettait de la musique classique dès qu'il s'occupait de ses animaux morts. Le poète, avec le sérieux d'un bourreau, la regardait sans compassion. Pour lui, la seule priorité était de savoir comment se terminait l'histoire que Cornelia n'avait pas fini de lui lire. Les mains tremblantes et le front couvert de sueur froide, Cornelia ramassa le livre et reprit sa lecture. Le conte semblait interminable, et si elle avait pu le finir, elle aurait vu que c'était en effet le cas, mais au bout de quelques minutes, elle perdit connaissance.

Lorsque le poète la vit à moitié morte sur son lit trempé, il comprit la gravité de la situation. Il laissa Cornelia inconsciente et courut chercher sa mère. Dans l'urgence, ils oublièrent de prévenir le Latino-Européen, qui n'aurait de toute façon pas été d'une grande aide.

Lorsque Julia entra dans la pièce, ma grand-mère Cornelia était plus froide que la neige, et on voyait dépasser entre ses jambes le crâne bleuté de ma tante Berta. Lors des quelques accouchements auxquels elle avait assisté, Julia n'avait jamais rien vu de tel. Elle ferma les yeux et récita un *Pater Noster* en italien, ce qu'elle ne faisait qu'en cas d'extrême nécessité ; et au prix de beaucoup d'efforts, elle parvint à contrôler le tremblement de ses mains.

Elle sortit le nourrisson puis réanima la mère et l'enfant avec des claques et des sels parfumés.

Une fois la situation sous contrôle, Julia demanda au poète d'aller chercher le Latino-Européen dans son bureau tandis qu'elle téléphonait au docteur Machado, le médecin de famille. Le poète annonça au père que sa première fille était née, en se gardant néanmoins d'entrer dans les détails. L'Européen bouleversé se précipita à la rencontre de son aînée. Quand il entra dans la chambre, l'air absent et abruti de la nouveau-née lui suffit pour comprendre qu'il avait engendré un être à mi-chemin entre la réalité et l'au-delà. Sans prendre le bébé dans ses bras ni embrasser son épouse, il fit demi-tour et alla s'isoler dans son bureau, son refuge de musique classique et d'animaux empaillés.

La tante Berta ne pleura pas et, comme le diagnostiquerait plus tard le docteur Machado, si la petite s'était présentée parfaitement saine, c'était le manque d'oxygène à l'accouchement qui avait provoqué chez elle de sévères troubles mentaux, avec lesquels elle vivrait le reste de sa courte existence.

Jusqu'à sa mort, sept ans plus tard, ma tante Berta déambula dans la vie comme une âme en peine, une somnambule qui voit sans regarder, qui entend sans écouter. Elle avait l'air d'un corps sans esprit et, à la plus grande frayeur de ma grand-mère Cornelia, le seul mot qu'elle sut prononcer – Dieu sait où elle l'avait appris – fut « Alfonso ».

Ma grand-mère ne raconta jamais à Julia ni au Latino-Européen ce qui s'était passé le soir de la naissance de Berta : elle nourrit simplement une haine viscérale pour le petit poète, qu'elle ne pouvait maîtriser qu'en évitant de le croiser. Elle lui interdit sa chambre et ses histoires, et le laissa faire ses devoirs tout seul. Julia remarqua ce changement d'attitude, mais malgré ses questions, ma grand-mère Cornelia n'eut pas le courage de lui raconter ce qui était arrivé ce soir-là avec son fils et, le temps passant, sa prise de distance avec le poète s'expliqua naturellement par le besoin qu'elle avait désormais, en tant que mère, de concentrer toute son attention sur son bébé.

Après quelques mois et un effort mental ardu pour se convaincre qu'un si petit être ne pouvait être aussi méchant, la colère de ma grand-mère se calma un peu (mais pas tout à fait) et elle parvint à le traiter plus gentiment, bien qu'avec distance, sans que leur relation ne s'apparente plus ni de près ni de loin à celle qu'ils avaient eue avant ce fameux soir. Avec Julia aussi, elle changea de comportement. Elle ne voulait pas se l'avouer, mais au fond elle la jalousait d'avoir donné naissance à un enfant en bonne santé, sans avoir à porter le poids et les stigmates de sa progéniture.

Julia se sentit à nouveau comme une servante parmi ces gens qu'elle était arrivée à aimer davantage que sa propre famille, et auprès desquels elle pensait vieillir. Elle n'avait pas encore quarante ans, mais déjà elle s'imaginait souvent sur son lit de mort en compagnie de Cornelia et entourée d'animaux empaillés. Pour autant, Julia ne connaissait pas la compassion, car jamais elle n'avait ressenti de peine pour elle-même, et comme elle l'avait toujours fait dès que les circonstances ne lui étaient plus favorables, elle décida de réinventer sa vie.

Cornelia était déjà enceinte de ma mère lorsque Julia lui annonça qu'elle retournait sur son continent. Maintenant que la guerre était terminée, elle disait ressentir le besoin de participer à la reconstruction de sa patrie. Les deux femmes savaient que là n'était pas la vraie raison, mais elles se gardèrent bien de le dire. Cornelia comprit et soutint son choix. Elle avait beau aimer Julia comme une mère, elle savait que le feu dont elle brûlait dès qu'elle voyait le visage de ce petit garçon mal élevé qui avait ruiné la santé de sa fille pour avoir voulu connaître la fin d'une histoire ne s'éteindrait qu'avec la distance. Elle préférait tenir ce monstre éloigné de sa maison, d'autant plus depuis qu'un autre bébé était en route.

Ma grand-mère Cornelia et le Latino-Européen (qui tenait davantage de la vague connaissance louant une chambre chez elle que du chef de famille) accompagnèrent Julia et son fils au port où ils devaient embarquer pour regagner l'Europe. Au fond, Cornelia souffrait de voir partir le poète et Julia, mais elle le savait : mieux vaut laisser les belles relations se terminer plutôt que d'attendre qu'elles se délitent et s'y cramponner dans le vain espoir qu'elles redeviennent ce qu'elles ont été jadis.

Avec sa fille idiote dans les bras, ma mère dans le ventre et un inconnu qui disait être son mari planté à côté d'elle, ma grand-mère vit le bateau s'éloigner jusqu'à n'être plus qu'un point à l'horizon. Elle pensa secrètement que ce point signait la fin d'un chapitre de sa vie.

J'imagine que beaucoup de choses sont passées par l'esprit de ma grand-mère à cet instant. Elle a certainement dû faire le bilan de sa vie et préparer son futur; malgré tout, il reste très probable que Cornelia n'ait jamais imaginé que cet enfant de six ans qu'elle avait tant aimé reviendrait des années plus tard perturber l'échiquier de cette partie déjà jouée qu'était son existence.

Le secret des lettres du Latino-Européen finit par se savoir après un certain temps, peu avant le retour du poète en 1959. Ces années écoulées – plus d'une décennie – virent naître ma mère et ma tante Santa, mourir ma tante Berta d'une maladie du cœur (conséquence du manque d'oxygène à la naissance) et se détériorer, lentement mais sûrement, la relation de ma grand-mère Cornelia avec ce Latino-Européen autrefois si désiré.

Ma grand-mère Cornelia ne s'était jamais identifiée à ce type de femmes qui restent auprès de leur mari au lieu de divorcer par peur du qu'en-dira-t-on. Quand elle s'était mariée, elle avait cru dur comme fer que son couple expérimenterait les émotions des romans, avec sa vedette de cinéma dans le rôle-titre de leurs aventures. Et, en effet, leur couple avait pris un chemin qu'elle n'aurait jamais imaginé, mais qui la rendit encore plus seule et insatisfaite qu'avant d'avoir un compagnon.

Bien qu'au début de leur mariage elle eût pris la décision de ne pas assommer le Latino-Européen de questions ou de crises de jalousie au sujet de sa mystérieuse routine, avec le temps – et l'ennui –, la curiosité l'emporta sur la raison. Lassée de l'attitude fuyante de son mari, qui la considérait moins comme une femme que comme une usine à rejetons, ma grand-mère Cornelia décida de le suivre jusqu'au bureau de poste pour comprendre une bonne fois pour toutes les raisons de son étrange comportement matinal, et savoir à qui ces fichues lettres étaient adressées. Elle était sûre que leur destinataire secrète, celle-là même à qui il écrivait chaque jour, était la fiancée qu'il avait laissée outre-Atlantique. Pourquoi ne s'était-il pas marié avec cette Européenne, s'il l'aimait au point de partager son quotidien avec elle et de reléguer son épouse au rôle de mère et de femme au foyer ?

Au début de la filature, elle ne savait pas très bien ce qu'elle cherchait : d'une certaine manière, elle voulait le faire réagir, ne serait-ce qu'en lui reprochant de s'être immiscée dans sa vie privée. C'était l'indifférence du Latino-Européen qui frustrait le plus son goût du romanesque et de l'aventure. Cornelia aurait pu sortir nue de chez eux qu'il n'aurait rien remarqué. Le soir avant de s'endormir – le seul moment de la journée où ils se retrouvaient en tête à tête et auraient pu discuter –, mon grand-père se plongeait dans un livre jusqu'à sombrer dans le sommeil. Ils ne se disaient jamais ni bonne nuit ni bonjour, et les rares fois où ils échangeaient trois mots, c'était pour parler des finances du foyer ou de leurs filles. Ma grand-mère pouvait raconter n'importe quoi (elle avait tout essayé : de « demain je me suicide » à « je veux que tu quittes la maison »), le Latino-Européen ne faisait toujours que lui répondre un « hum » indifférent. Ma grand-mère ne parvenait à l'émouvoir ni au lit ni dans la vie, et c'était la pire chose qu'une femme dans son genre pût ressentir. L'étape des sous-vêtements affriolants était loin derrière elle ; comme celle de la lecture de livres érotiques en quête d'astuces pour les sortir, elle et son mari, de la torpeur sexuelle dans laquelle ils s'étaient installés depuis leur lune de miel ; de même qu'elle avait cessé de passer ses journées à cuisiner pour le surprendre avec de nouvelles recettes ou de confier les filles à la voisine afin qu'ils aient la maison pour eux seuls. Rien n'avait marché.

En dernier recours, elle décida donc de le démasquer. Elle réunirait les preuves de son infidélité et le menacerait de les envoyer à l'école où il enseignait, un établissement catholique où une conduite morale impeccable était la condition sine qua non à l'exercice de l'enseignement. Si elle n'arrivait pas à secouer son mari par la méthode douce, elle utiliserait la force.

Malgré tout, elle avait le vague espoir de le reconquérir. Si elle arrivait à mettre sa maîtresse de côté en révélant son existence, elle pourrait peut-être sauver leur couple. L'homme aimable et tendre avec lequel elle s'était mariée manquait à ma grand-mère : celui qui venait lui rendre visite chaque soir à sa fenêtre et lui souriait furtivement depuis son tramway. La relation de Cornelia et mon grand-père n'atteignit jamais une profondeur supérieure à celle d'une flaque d'eau, mais il y avait eu entre eux de la courtoisie et un certain sens de l'humour, du moins au début. Retrouver cette courtoisie initiale aurait suffi à ma grand-mère pour se sentir un peu moins robot électroménager et un peu plus humaine.

Le jour où l'on apprit la vérité, ma grand-mère était rentrée à la maison de la rue du Parc vers 7 h 30, après avoir accompagné les filles à l'école. Elle prit ses paniers en disant à son mari qu'elle partait faire les commissions mais n'obtint pour unique réponse que son « hum » habituel. Elle ressortit de chez elle, mais n'alla pas au marché :

elle se cacha au coin de la rue en attendant que son mari sorte. Comme convenu, elle y retrouva Timoteo, le petit jeune qu'elle envoyait parfois faire une course à sa place. Ils se mirent à nouveau d'accord sur le stratagème et ma grand-mère lui donna par avance la moitié de sa paye. Ponctuel comme à son habitude, le Latino-Européen sortit. Timoteo et Cornelia le suivirent jusqu'à la poste sans se faire repérer.

La première chose que fit mon grand-père en entrant dans l'immense vestibule fut d'aller ouvrir sa boîte aux lettres privée, d'où il sortit une enveloppe qu'il renifla avec un sourire transi que ma grand-mère ne lui connaissait pas. Cornelia sentit les larmes lui monter aux yeux, mais elle respira profondément et retrouva son sang-froid. Leur stratagème ne pouvait être gâché par des sanglots ou une scène de jalousie.

Les deux complices virent mon grand-père sortir de sa mallette la lettre qu'il avait passé la matinée à écrire, la poser ensuite sur la table où se trouvaient les enveloppes puis y écrire le nom du destinataire. Comment s'appelait donc celle qui lui avait volé son époux avant même leur mariage ? Timoteo savait que c'était le signal. Sans que Cornelia eût besoin de le lui rappeler, il entra dans le bureau de poste et lui arracha la lettre des mains. Le gamin prit la fuite tandis que ma grand-mère courait se cacher dans un café situé à deux rues de là, où ils avaient convenu de se retrouver après un certain temps, par précaution. Timoteo fut si rapide que lorsque mon grand-père réalisa ce qui venait de se passer et se précipita dans la rue pour arrêter ce morveux, l'enfant fut introuvable. Expert en vol de fruits à l'étalage, Timoteo savait comment passer inaperçu. La tâche était facile pour un professionnel de sa trempe.

Ma grand-mère s'installa à une table du café, commanda une infusion de camomille et se réfugia dans un livre qu'elle avait sorti de son sac à main. Toutes les demi-secondes, elle guettait l'apparition de Timoteo, mais le gamin mettait un temps fou à arriver, probablement parce qu'il était allé se cacher pour s'assurer qu'il n'était pas suivi. Au bout de quelques minutes – qui parurent à Cornelia plus longues que ses trois grossesses réunies –, le petit chenapan finit par pousser la porte d'entrée. Il remit l'enveloppe à son employeuse, promit pour la dixième fois de ne rien raconter à personne, reçut le reste de sa paye et sortit du café avec le pas assuré d'un cow-boy triomphant.

Les mains de ma grand-mère étaient gelées par l'angoisse. Elle avait jeté l'enveloppe dans l'un de ses paniers de courses. Elle continuait de se servir de son livre comme d'un bouclier, mais elle n'avait plus la tête à la lecture, car elle avait enfin entre les mains la preuve que son mariage avait été prédestiné au fiasco. Si elle affrontait son mari en lui révélant qu'elle savait toute la vérité, elle n'aurait d'autre choix que de divorcer. Elle ne s'était jamais préoccupée de ce que les gens pouvaient raconter, mais il ne serait pas facile de devenir l'une des rares divorcées du coin. Elle savait qu'on ne la convierait plus à aucun événement social (une femme divorcée était vue comme une menace) et que ses filles auraient du mal à gérer cette situation à l'école.

Malgré tout, elle devait connaître la vérité, qu'elle l'avoue ensuite ou non à son mari. Après l'avoir attendue un bon moment, sa camomille finit par arriver. Quel plaisir ! Cornelia saisit la tasse, la porta à son nez et en renifla l'air chaud – une fois, deux fois. Comme c'est agréable de sentir la vapeur de camomille sur son visage, surtout quand on sait que sa vie est sur le point de basculer !

Elle reposa la tasse sur la table et ajouta une cuillerée de sucre. Puis une autre, et encore une autre ; jusqu'à cinq au total. Elle voulait adoucir ce qu'elle s'apprêtait à découvrir. Elle remua le contenu de sa tasse puis le but d'un trait. Elle sentit le breuvage couler dans sa gorge et lui réchauffer un peu l'âme. Elle était enfin prête à savoir la vérité. Depuis treize ans qu'elle était mariée à son Latino-Européen, elle ne lui avait jamais demandé à qui il écrivait quotidiennement. Aujourd'hui le rideau tomberait. Elle attrapa l'enveloppe et sans encore oser lire le nom du destinataire, elle lut la lettre. Cornelia s'était préparée à tout, sauf à cela.

De sept à quatorze ans

UNE SACRÉE NANA

Primitiva, comme sa grand-mère Cornelia, a toujours préféré la solitude à la compagnie des gens, voilà pourquoi elle a d'abord eu du mal à m'accepter dans sa vie, moi la grande Mulatona. Primitiva avait pris l'habitude de se résigner à souffrir en silence. Elle préférait toujours se taire et parlait si peu que même sa mère, sa tante Santa et son institutrice avaient oublié le son de sa voix. Elle était si maigre, translucide et silencieuse que les adultes ne se rendaient pas compte de la présence de la petite fille et parlaient souvent d'elle comme si elle n'avait pas été là. Et les choses qu'ils disaient n'aidaient pas à stimuler sa croissance harmonieuse ni son amour-propre. Grâce à sa transparence, la veille au soir de son soi-disant kidnapping, elle avait entendu manigancer ses trois parents : ils comptaient l'envoyer dans une institution spécialisée pour enfants aux besoins spécifiques (comprendre :

problèmes mentaux). C'est cette nuit-là que j'ai commencé à germer, moi, Mulatona, dans le cœur de cette petite mioche insipide.

Ricky avait passé l'année scolaire, introduite par l'épisode « Bec de bique », à torturer Primitiva, et il reprenait de plus belle à chaque rentrée des classes. Suivant son exemple, et au cas où Ricky aurait eu l'idée de s'en prendre à eux, les autres enfants avaient également désigné la pauvre petite maigrichonne comme souffre-douleur.

Tous les matins, Primitiva pleurait et refusait d'aller à l'école, mais sa mère, sa tante Santa et le poète étaient si occupés à tâcher de faire fonctionner leur étrange relation qu'ils ne prêtaient guère attention aux supplications de la petite. La semaine était une séance de torture pour Primitiva, et quant au week-end, elle n'en profitait pas non plus car elle redoutait déjà le lundi. À son entrée en CE1, elle crut que son destin allait enfin changer.

La maîtresse arriva un matin avec une toute petite fille agrippée à sa main. Plus qu'à une petite fille, elle ressemblait à une tortue, avec un long cou effrayé qui dépassait de son corps rond et bossu. Ses jambes tremblaient ; il était évident que sans appui et si elle n'avait pas été soutenue par la main ferme de la maîtresse, elle serait tombée. Ricky la gratifia aussitôt de l'une de ses remarques blessantes, cette fois en rapport avec un tatou échappé d'un zoo (Primitiva ne s'en souvient pas exactement) qui fit éclater de rire toute la classe.

Pour la première fois depuis qu'elle était scolarisée, Primitiva crut voir la lumière au bout du tunnel de son supplice. Elle avait enfin trouvé une remplaçante ; elle alla même jusqu'à se réjouir à la perspective de pouvoir se fendre d'une ou deux méchantes blagues. Mais elle se trompait. La boulotte en forme de tortue lâcha la main de la maîtresse et, déterminée et avec une expression furieuse, sur ses petites jambes tremblantes et son corps tout rond, elle fonça vers le pupitre de Ricky et, d'un coup de poing qui lui laissa le nez en sang, elle le fit tomber de sa chaise. Un silence sépulcral régna soudain dans la salle et Primitiva vit un léger sourire de satisfaction échapper à la maîtresse, qui se ressaisit aussitôt. Avec son rictus agacé des mauvais jours, la maîtresse attrapa les deux enfants par l'oreille, les emmena dans le bureau de la directrice, avant de revenir dans sa salle pour gratifier ses élèves d'un discours assommant sur le respect et les bonnes manières.

Ricky revint à l'école le lendemain de l'altercation avec le visage encore violacé. On ne revit jamais la petite boulotte en forme de tortue dans les parages, mais son coup de poing affirmé et sa détermination laissèrent une trace profonde chez Primitiva. Elle avait désormais un modèle à suivre. Primitiva décida que la fille-tortue serait son nouveau héros et que, à partir de maintenant, dès qu'il lui arriverait une crasse, elle se demanderait : que ferait la tortue dans une situation similaire ? Elle tint cette résolution et continua d'apercevoir la lumière au bout du tunnel jusqu'à ce que Ricky refasse des siennes, le jour de la leçon d'histoire. L'institutrice avait appelé Primitiva au tableau pour lui faire écrire le nom complet de Simón Bolívar, avec ses deux patronymes, mais quand la maigrichonne se retrouva devant tout le monde et qu'elle se saisit de la craie, Ricky lança : « Un papa et une maman, comme les gens normaux. » Suivant l'exemple de sa nouvelle héroïne, Primitiva marcha droit vers le garnement et lui flanqua un coup de poing avec une telle force que, lorsque Ricky l'esquiva, l'impulsion fit tomber Primitiva par terre. Ainsi prit fin l'influence de la petite fille en forme de tortue ; à partir de ce jour, Primitiva n'eut d'autre choix que de continuer à supporter les moqueries et les humiliations avec résignation, tandis que Ricky perfectionnait joyeusement ses méthodes de torture scolaire. Quand la fillette eut huit ans, lesdites méthodes avaient atteint un degré de sophistication proche des techniques chinoises les plus élaborées.

Le jour de la pire humiliation dont a été victime Primitiva coïncide avec mon arrivée dans sa vie. Primitiva avait alors huit ans et se préparait pour l'un des moments-phares de son existence : sa première communion.

Les deux tiers de sa famille avaient beau être athées et se livrer ouvertement à l'infidélité, au concubinage, à l'amour libre, à la luxure, à la gourmandise et à presque tous les péchés dénoncés par l'Église, Primitiva – avec l'aide de sa tante Santa – avait supplié sa mère et le poète de l'inscrire à un cours ouvert à quiconque voulait boire et manger Dieu tous les dimanches. Elle espérait que les tourments infligés par Ricky lui serviraient au moins à gagner, sinon l'éternité, du moins quelques années au Ciel. En ce temps-là, le poète était occupé à séduire la nouvelle infirmière de la maison de retraite qui venait d'ouvrir à la place de l'imposante propriété des Pérez Luján, et ses deux femmes se disputaient le peu d'attention disponible qui restait à leur mâle.

La robe de première communion devint l'objet d'une concurrence féroce entre les deux sœurs. La mère de Primitiva se proposa de confectionner la robe « de ses rêves », mais tante Santa répliqua qu'elle avait toujours été plus habile de ses mains et que ce serait un plaisir d'habiller sa nièce pour une occasion si importante. Ainsi débuta le duel qui fit de Primitiva la communiante la mieux habillée de l'église de la Sainte-Trinité. Chacune des robes s'avéra si réussie que Primitiva finit par porter les deux.

Avant de partir pour la cérémonie, Primitiva enfila la robe que tante Santa lui avait faite et le poète la mitrailla avec son appareil photo. Puis sa mère lui fit passer la robe qu'elle avait confectionnée et qui, pour être franche, était moins belle, mais dans la balance, une maman pèse plus qu'une tante.

Bien que son corps ne fût qu'un sac d'os peinant à constituer un squelette friable, Primitiva se sentit un instant comme une princesse dans sa longue robe blanche. La veille, elle avait confessé au père Eduardo ses désirs d'assassiner Ricky, et après avoir obtenu le pardon de Dieu, elle fut gagnée par une sensation de paix et de légèreté qu'elle n'avait sans doute plus ressentie depuis le stade de fœtus dans le ventre maternel. Primitiva était en paix avec elle-même et se trouvait presque jolie : elle avait la certitude que, avec la communion et la crainte du châtiment divin, Ricky changerait d'attitude ; mais encore une fois, elle se trompait.

Après lui avoir fait enfiler sa robe, la mère de Primitiva lui mit des boucles d'oreilles en or, appliqua un peu de rose sur ses joues et, soulevant le bas du tissu pour éviter de salir le vêtement, elle conduisit sa fille à la voiture – une Ford Corcel blanche flambant neuve – où l'attendaient le poète et tante Santa, avec une expression de fierté qu'elle ne leur avait jamais vue. Primitiva et sa mère se tassèrent dans l'auto puis ils partirent tous ensemble pour l'église. La petite fille pria pendant tout le trajet (qui ne dura pas plus de quinze minutes) pour que Ricky ne vienne pas à la cérémonie. Elle craignait que la sainteté acquise la veille grâce au pardon divin fût remisée au grenier dès qu'elle apercevrait le garnement, et que ses pulsions meurtrières l'empêchent de communier avec le reste de ses camarades. Les prières ne servirent à rien : la première personne qu'elle vit quand la Ford blanche se gara sur le parking se trouvait être Ricky, qui descendait de son resplendissant 4×4 Samouraï, avec sa tête de gentil garçon qui attisait d'autant plus la haine que Primitiva lui vouait depuis la maternelle. Tante Santa remarqua que sa nièce rougissait et, comme d'ordinaire chez les adultes, elle interpréta tout de travers.

— C'est lui le garçon qui te plaît, ma puce ? lui demanda-t-elle, complètement hors sujet. Viens me le présenter !

Tante Santa prit la main de Primitiva et la traîna jusqu'au 4×4. Quand elle comprit ce qui était en train de se passer, la petite fille se dégagea brutalement des griffes de sa tante indiscrète en lui lançant un regard qui lui fit comprendre à jamais que les adultes feraient mieux de ne pas fourrer leur nez dans les affaires des enfants.

De loin, Ricky aperçut la petite maigrichonne victime de ses mauvais tours et, imitant les gestes du curé, il lui adressa un signe de croix solennel, comme pour la bénir à distance, puis il leva une sacoche en satin blanc nouée d'un ruban assorti, où Primitiva devina qu'il avait rangé son missel.

Quand elle vit le sourire mauvais de son pire ennemi, Primitiva serra le rosaire en nacre qu'elle tenait dans la main et se mit à réciter des *Pater Noster* en boucle pour se prémunir du péché avant la cérémonie.

Parents et enfants étaient réunis devant l'église et discutaient aimablement quand Primitiva arriva avec sa famille atypique, provoquant un silence de plomb. On entendit ce genre de commentaires, auxquels la famille de Primitiva était habituée : « Le père Eduardo ne devrait même pas les laisser entrer », « Pauvre gamine, vous parlez d'un exemple » ou « Ces gens sont malades » comptèrent parmi les remarques qui se glissèrent dans les oreilles de Primitiva entre deux *Pater*.

Comme s'ils n'avaient rien à voir avec tout cela, le poète, tante Santa et la mère de Primitiva brisèrent le silence avec un sujet de conversation banal, sans accorder aucune importance au fait que les familles s'étaient déjà réfugiées dans l'église pour éviter tout contact avec ce trio de pécheurs ; comme si le péché avait été contagieux. Le père Eduardo comprit la situation et se dépêcha de débuter la cérémonie, l'un des sacrements où la quête est particulièrement abondante. Il demanda aux enfants de rester dehors avec lui, et il incita les parents et les familles à prendre place à l'intérieur, car le rituel sacré était sur le point de commencer.

Plongée dans sa transe de prières, Primitiva ne fit pas attention à Ricky qui s'approchait dangereusement d'elle. Elle ne sentit pas non plus son geste en bas de sa longue robe blanche amidonnée et mit les ricanements étouffés de ses camarades sur le compte du stress. Ce qu'elle sentit en revanche, ce fut une forte odeur d'excrément, mais elle pensa qu'un communiant flatulant avait dû s'oublier.

Elle n'eut pas le loisir de réfléchir davantage : en moins de temps qu'il n'en faut pour réciter un *Pater*, le curé les avait placés en rangs devant la porte de l'église. Les filles à droite, les garçons à gauche, et en avant ! On ne fait pas attendre le Seigneur.

Le père Eduardo prit la tête de la procession, puis les enfants lui emboîtèrent le pas dans la maison de Dieu. Les adultes s'étaient levés pour saluer le prêtre et ils regardaient maintenant leurs rejetons d'un air idiot, nimbés d'une atmosphère de sainteté qu'ils espéraient éternelle. Un chœur d'enfants commença à chanter faux en suivant les instructions d'une vieille dame bossue plus petite que la plupart des choristes : « Ils viennent avec joie, Seigneur, en chantant ils viennent avec joie, Seigneur, ceux qui marchent dans la vie, Seigneur, cherchant Ta paix et Ton amour. » Le chant prit fin, l'assemblée s'installa, et, le temps de la microseconde que dura la transition entre la dernière note et la bénédiction du prêtre, Ricky porta l'estocade finale :

— Primitiva s'est fait caca dessus ! cria de toutes ses forces le petit antéchrist en montrant du doigt la robe tachée de Primitiva.

Ses mots n'avaient pas eu le temps de résonner dans la voûte peinte d'angelots que tous les regards étaient déjà posés sur Primitiva, qui ne se rendait pas encore compte de ce qui se passait. Elle s'aperçut alors que l'odeur de crotte ne s'était pas dissipée. Instinctivement, elle palpa sa robe et sentit sa main devenir humide. Un frisson parcourut sa colonne vertébrale quand elle comprit que sa robe immaculée était couverte d'excréments à l'état semi-liquide. Elle aurait préféré des rires ou des remarques à ce silence gênant qui régna soudain dans cet immense lieu, mais personne ne savait quoi dire ; même le père Eduardo n'eut pas la lucidité de lancer une bénédiction quelconque qui eût distrait l'assemblée et sauvé la pauvre enfant de cet enfer.

Au lieu de pleurer, la seule chose qui vint à l'esprit honteux de Primitiva fut de cracher par terre dans la maison du Seigneur puis de partir en courant le plus loin possible de cet endroit, où un Dieu qui venait de cesser d'exister pour elle avait permis qu'on l'humilie ainsi dans sa propre demeure. Primitiva courut sans s'arrêter, en jurant et en se faisant plusieurs promesses, parmi lesquelles celle de ne plus jamais remettre les pieds dans une église.

Primitiva pressa encore le pas dans l'espoir qu'en allant plus vite elle sèmerait ses pensées derrière elle, mais ce qu'elle venait d'endurer l'assaillait et – même si elle agitait les bras afin d'en chasser les images, comme voletant autour d'elle – le visage de Ricky qui lui montrait son petit sac blanc plein de crotte d'on-ne-sait-qui la hantait. Venait ensuite la vision de sa robe maculée, l'expression stupide du père Eduardo et la mine peinée des adultes. Sans savoir où aller, elle ne pouvait pourtant plus s'arrêter : elle avait tant de honte à expulser qu'en épuisant son corps d'une manière ou d'une autre sans doute parviendrait-elle à épuiser son âme ; exténuée, peut-être qu'elle se débarrasserait de cette haine si pesante. Elle ne voulait pas voir sa mère, sans parler de sa tante Santa ni du poète, elle ne voulait pas rentrer à la maison ni retourner dans cette l'école où elle n'avait pas d'amis.

Après avoir couru pendant ce qui lui sembla une éternité, le souffle vint à lui manquer et elle s'arrêta. Primitiva regarda autour d'elle sans reconnaître aucun élément du paysage. Elle n'avait pas la moindre idée de l'endroit où elle était, ni de combien de temps elle avait couru. Elle savait juste qu'au cours de sa fuite loin de l'église, de ses camarades et de sa famille, elle avait volontairement choisi une route impraticable en voiture. Si sa mère et compagnie avaient voulu la rattraper en Ford Corcel, ils n'y seraient jamais arrivés.

Elle avait soif, mais il n'y avait pas de quoi boire à proximité ; rien que des maisons et encore des maisons. Quand l'odeur de crotte lui revint au nez, elle se rappela qu'elle portait encore sa robe blanche souillée d'excrément. Avec le peu de force qui lui restait, elle arracha le bas du vêtement et ne se trouva plus couverte que de la fine doublure, ce tissu bon marché qui le rendait opaque. Elle cracha à nouveau, cette fois sur cette robe qui avait été blanche, puis reprit son chemin sans but.

Lorsque Primitiva s'était enfuie de l'église en courant, le père Eduardo n'avait su ni quoi dire ni quoi faire. Il songea un instant à reporter la cérémonie pour qu'on aille chercher et nettoyer la petite impertinente et que la communion puisse reprendre son cours normal. Mais voyant que seule la famille de l'enfant était partie à sa recherche et que, après avoir cessé de murmurer, le reste de l'assemblée se montra disposée à poursuivre la cérémonie, le père Eduardo conclut qu'il valait mieux consacrer trente enfants que d'attendre une seule fugitive. Le temps viendrait de sermonner Primitiva Serapio pour son péché de défécation et de crachat dans la demeure sacrée du Tout-Puissant.

Le lendemain, quand ils apprirent aux informations et par la police (qui était venue à l'école pour interroger les élèves) que Primitiva était toujours portée disparue, tant le père Eduardo que les trente novices et leurs géniteurs éprouvèrent la nécessité de retourner dans la maison de Dieu pour confesser leur négligence.

Le poète et la mère de Primitiva avaient quitté l'église, mais n'avaient pas trouvé trace de la fugitive. Ils avaient passé le dimanche après-midi à parcourir d'abord les environs puis la ville entière à la recherche de l'enfant, tandis que tante Santa attendait chez eux en se rongeant les ongles, au cas où sa nièce déciderait de rentrer, mais Primitiva n'était pas revenue. Ils durent patienter trois jours et deux nuits avant que deux policiers la retrouvent ; mais quand cela arriva, ce n'était plus Primitiva Serapio mais la nouvelle et resplendissante Mulatona Montiel – même si personne ne put s'en apercevoir immédiatement, puisqu'on s'est toujours ressemblées comme deux gouttes d'eau elle et moi.

Le jour de sa fugue, après avoir arraché sa robe, Primitiva continua de marcher sans but sous un soleil de mars tropical et inclément jusqu'à ce que, sans crier gare, ses jambes et sa conscience l'abandonnent. Elle s'effondra comme une taie sans oreiller sur le trottoir brûlant d'un quartier résidentiel, et ne se réveilla que dix-huit heures plus tard dans un lit inconnu.

À chaque minute qu'elle passa inconsciente, Primitiva rêva de Mulatona. Aussi, lorsqu'elle se réveilla, sans pour autant savoir où elle se trouvait, elle n'eut pas peur. Durant toutes ces heures, elle avait rêvé d'elle-même dans un corps et un esprit qui n'étaient pas les siens, mais qui lui semblaient pourtant plus vrais que nature. Elle s'identifiait désormais plus à cette femme qui marchait d'un pas tranquille, maîtresse des regards de ceux qui l'observaient, qu'à la gamine timide dont le plus grand désir était de se cacher sous une cape d'invisibilité pour échapper aux petits yeux moqueurs de l'espèce humaine en général, et de Ricky en particulier. Mulatona était ancrée, Primitiva, éthérée ; Mulatona n'avait pas d'âge, Primitiva restait prisonnière de son étiquette d'enfant de huit ans ; Primitiva évitait les miroirs, Mulatona s'arrêtait pour admirer son reflet dans chaque vitre sur son chemin et regardait en face chacun de ses défauts jusqu'à les prendre en affection. Une dent un peu cassée, c'est original ; l'extrême minceur, le rêve de beaucoup de femmes ; et un œil qui part sur le côté, ça reflète une personnalité curieuse. Aux yeux de Mulatona, chaque imperfection avait son charme.

Durant ces dix-huit heures d'inconscience, Primitiva s'était retrouvée dans un état que, vu de l'extérieur, n'importe qui aurait associé à celui qu'on vit en rêve. Pourtant, elle savait qu'elle n'avait pas rêvé ; cet état ressemblait plus à une promenade dans une réalité parallèle parfaitement tangible, dont elle se souvenait, qu'à ces limbes d'images floues et lacunaires que sont les songes. Lors de ce voyage, elle avait rencontré Mulatona et appris qui elle était vraiment. Elle s'était juré de toujours se le rappeler, même si naturellement elle l'oublierait plus d'une fois au cours des années à venir.

Quand Primitiva se réveilla, le souvenir de son voyage métaphysique était si frais qu'il lui fallut un bon quart d'heure pour réaliser que, malgré la vraisemblance de son rêve, elle demeurait dans le monde réel une petite maigrichonne de huit ans qui avait fugué au beau milieu de sa première communion, et qui venait de se réveiller dans une chambre inconnue.

Après avoir repris pleinement conscience, elle explora la pièce à la recherche d'un être de chair et d'os qui puisse éclairer sa lanterne au sujet de l'endroit où elle avait atterri; mais tout ce qu'elle trouva dans ce minuscule espace sans fenêtre ni décoration fut du silence. Dans cette petite chambre, il n'y avait qu'un lit une place, une table de nuit avec une Bible et un pot à moitié vide de crème Nivea. Elle pensa à ses mamans et au poète, les imagina en train de prendre le petit déjeuner, jouissant de la liberté que leur donnait son absence. «Mulatona ne penserait pas comme ça, Mulatona ne se prend pas en pitié», l'avertit une voix intérieure, repoussant au loin cette pensée défaitiste.

L'étape suivante était de trouver les toilettes. Elle devait vider sa vessie, mais avant tout, elle avait une chose importante à résoudre. Elle quitta son petit lit et ouvrit la porte de la chambrette :

silence. Vu la taille de la pièce où elle venait de passer la nuit, elle croyait se trouver dans une maison modeste, de sorte qu'elle fut étonnée en tombant sur un long couloir aux murs ornés d'œuvres d'art. Elle n'eut pas à explorer beaucoup plus car la première porte à droite menait à un tout petit cabinet de toilette, impeccable et qui sentait bon. Elle eut l'impression d'être une reine sur son trône et se vida avec un plaisir immense. Elle se lava les mains en chantant deux fois joyeux anniversaire, comme on le lui avait appris à l'école, et quand elle eut terminé, elle attrapa la brosse à dents et le tube de Colgate dans le gobelet posé sur le lavabo, elle le remplit d'eau tiède, plia les genoux, ferma les yeux et versa lentement l'eau sur sa tête pour s'auto-rebaptiser.

C'est ce matin-là et dans cette salle de bains que je suis née, moi Mulatona Montiel. J'en suis sortie puissante, prête à dévorer le monde à pleines dents, munie de ma nouvelle identité. Primitiva serait retournée se mettre dans le petit lit en attendant, soumise, que rentre la personne qui lui avait si aimablement offert l'hospitalité, et l'aurait remerciée de sa gentillesse, mais moi je ne suis pas comme ça (c'est ce que je me suis dit à ce moment-là) : je pense d'abord à mon bien-être, et ensuite, si j'ai encore du temps et de l'énergie, je me préoccupe de faire plaisir aux autres. Je ne suis pas comme ma tante Santa qui s'échine chaque jour à contenter son mari et sa sœur, sans voir aucun problème dans le fait de se soumettre volontairement à une torture quotidienne. Je ne suis pas comme maman ni aucune de ces folles qui ont proliféré dans ma famille avant que j'arrive. Moi, je suis Mulatona, eh ouais, Mulatona Montiel, à qui personne ne cherche des noises. Et en me faisant cette promesse, j'ai quitté la chambre.

Je me suis alors mise à explorer cette immense maison vide et je suis allée à la cuisine, qui se trouvait à côté de la pièce où j'avais passé la nuit – visiblement, la chambre de service, comme je m'en suis douté après avoir parcouru toute la demeure. J'ai ouvert le frigo en faisant comme chez moi et j'ai petit-déjeuné avec plaisir et appétit. J'ai trouvé un sac en plastique dans lequel j'ai fourré assez de provisions pour les nouvelles aventures qui m'attendaient. J'ai hésité à prendre un bain (je sentais l'église, la crotte et la sueur), puis j'ai réalisé que si je m'attardais trop ici, mon sauveur risquait de rentrer et d'appeler la police pour me ramener à la maison de la rue du Parc, où je n'étais pas encore prête à retourner.

J'ai pris du papier et un crayon dans la cuisine et je suis vite retournée dans la chambre. Sous la crème Nivea, j'ai glissé un petit mot de remerciements ; et pour la première fois de ma vie, j'ai signé de mon nouveau nom : *Mulatona Montiel.*

1959-1963

LE RETOUR DU POÈTE

ou un amour qui fait veiller
et l'autre sommeiller

Quand ma grand-mère Cornelia découvrit que son mari était amoureux d'un homme, elle se montra compatissante. Elle savait mieux que personne que ce pays n'était pas propice à une sexualité en dehors des clous. Puisque elle-même avait craint les stigmates de la femme divorcée, elle imaginait très bien la souffrance de son époux si jamais la vérité venait à s'ébruiter. Pour commencer, il perdrait son travail et probablement le respect du reste de la communauté.

Mais ce qu'elle ne pouvait savoir, c'était à quel point la souffrance du Latino-Européen était quotidienne, forcé qu'il était de dissimuler la vraie nature de ses sentiments. Elle se sentit d'abord utilisée et trahie, d'où son premier mouvement (qui fut de faire face à son mari et de demander le divorce), mais ma grand-mère Cornelia n'était pas le genre de femmes à prendre des décisions hâtives.

Elle s'enferma dans sa chambre comme d'habitude, sortit son journal intime et son stylo-plume, puis médita par écrit sur la manière d'envisager son avenir. Tout le monde savait que lorsque Cornelia s'enfermait, seule une véritable urgence pouvait l'interrompre. Ce soir-là les petites se couchèrent sans que leur mère vienne leur souhaiter bonne nuit et le Latino-Européen dormit dans son bureau en compagnie de ses animaux empaillés; une compagnie qu'il avait l'air de préférer à celle de son épouse, ainsi qu'il l'avait prouvé maintes fois.

Sans fermer l'œil de la nuit, ma grand-mère Cornelia écrivit et écrivit jusqu'à ce que la solution jaillisse de sa propre main : il valait mieux ne rien dire, car rien de bon n'aurait pu sortir d'une confrontation avec son mari. Elle ne voulait pas non plus que leurs filles apprennent aussi jeunes que la vraie nature humaine n'est jamais comme dans les contes de fées; elles étaient encore trop petites pour qu'on le leur révèle. Par ailleurs, s'il n'avait pas de sentiments pour son épouse, son mari avait toujours assumé son rôle de père nourricier. Cornelia aurait été jalouse d'une femme, mais sachant que le grand amour de son époux était un homme, elle se sentit faire partie d'un triangle amoureux difficilement définissable. Elle devint la complice silencieuse des aventures du Latino-Européen, et tout en cédant parfois à la mélancolie de la solitude, elle jouissait la plupart du temps d'une tranquillité qu'elle n'avait plus trouvée depuis son mariage. Chaque couple se constitue en fonction des besoins de ses membres, et le fait de savoir la vérité donna à ma grand-mère une assurance et une sérénité inatteignables à l'époque où elle avait cherché des explications à une telle indifférence. Elle fut envahie par un regain d'amour pour cet homme qu'elle s'était mise à mépriser, et elle s'occupa de lui comme d'un fils, un frère ou un meilleur ami. Sexuellement, cela ne posa pas de problème non plus. Après avoir découvert la vérité, Cornelia repoussa courtoisement les quelques avances que son mari se sentit obligé de lui faire les mois suivants, ce qui suffit à sceller entre eux un accord tacite selon lequel le sexe ne faisait plus partie des obligations conjugales.

La vie du foyer suivit paisiblement son cours jusqu'au 2 mai 1959, le jour du retour du poète. À trente-quatre ans, ma grand-mère Cornelia avait consacré ses dernières années à s'occuper de la maison (après Julia, elle n'avait plus voulu avoir de bonne) et à élever les deux filles qui lui restaient depuis la mort de Berta : ma mère, quatorze ans, et ma tante Santa, douze ans.

Elle passait ses journées à cuisiner et à faire le ménage, à s'occuper de son mari ou à confier sa solitude aux pages de son journal. Elle eut plusieurs prétendants, surtout des hommes mariés, entrant dans leur jeu pour le simple plaisir de se rappeler l'art de la coquetterie enseigné par Julia pendant ses vertes et heureuses années.

À trente-quatre ans, sans avoir jamais été particulièrement gâtée par la nature, ma grand-mère Cornelia était à l'apogée de sa beauté ; elle avait gardé la fraîcheur de la jeunesse, avec la maturité de quelqu'un qui sait ce qu'il vaut. Cependant, sa priorité restait ses filles, et non sa propre personne. Raison pour laquelle elle ne laissa jamais ses flirts passagers aller plus loin. La préservation de l'harmonie familiale et domestique – et surtout du plaisir de sa sérénité mentale – était beaucoup plus importante pour elle que de satisfaire ses besoins sexuels. Ainsi, en muselant ses frustrations, ma grand-mère avait réussi à supporter quinze ans de mariage forcé, et ce sans perdre ni son élégance ni sa dignité – jusqu'à l'arrivée du poète.

En cet après-midi du 2 mai, il pleuvait, comme le jour où Julia avait débarqué vingt ans plus tôt. Le Latino-Européen était aux États-Unis pour une congrégation internationale de taxidermistes (prétendait-il) et ses trois femmes étaient restées à la maison de la rue du Parc. Maman et tante Santa faisaient leurs devoir tandis que ma grand-mère Cornelia faisait mijoter à feu doux le rôti noir en sauce de malt qui était au menu du soir. À 17 heures, la sonnette retentit, pile au moment où ma grand-mère lavait la cuillère qui lui avait servi à goûter la sauce. Elle s'essuya les mains sur son tablier et traversa le couloir, en en profitant pour allumer les lumières extérieures. La maison avait l'air d'une île dans un océan de pelouse, et pour en sortir il fallait ouvrir un portail en bois et franchir un perron à l'air libre, entouré d'herbe, menant à la lourde grille en fer forgé – à peine éclairée par un lampadaire – qui donnait sur la rue.

En ouvrant le portail en bois, ma grand-mère Cornelia eut du mal à distinguer dans le noir un homme grand et fort, qu'elle n'aurait pu avoir le réflexe d'associer au petit garçon de six ans qu'elle avait renvoyé quatorze ans plus tôt et dont elle n'eut jamais aucune nouvelle. Julia n'était pas du genre à regarder en arrière.

— Oui, qu'est-ce que vous voulez? demanda poliment ma grand-mère, habituée à ce que des inconnus viennent régulièrement sonner à sa porte pour mendier ou proposer leurs services de jardinage, de ménage ou de charpenterie.

— Dites à Cornelia que le poète la cherche, répondit l'étranger.

Ma grand-mère sentit son cœur s'arrêter, elle demeura silencieuse, n'ayant d'autre choix que de s'agripper à la poignée pour garder l'équilibre. Plusieurs minutes passèrent et l'esprit de Cornelia vit défiler des images de toute sa vie, comme on raconte qu'il arrive à ceux qui s'apprêtent à mourir.

Julia avait prévenu son fils (avant de finir par lui donner l'adresse qu'il avait tant réclamée depuis leur arrivée en Europe) que la réaction de Cornelia serait imprévisible. L'Italienne avait expérimenté la brutale indifférence de celle qu'elle avait aimée comme sa propre fille ; et elle avait raison : Cornelia n'était pas sûre de ses sentiments envers cet enfant (un homme, désormais) qu'elle avait tant aimé puis tant haï.

Le poète attendit patiemment, savourant les grosses gouttes de pluie chaude qui ruisselaient sur sa peau couleur cannelle et ses grands yeux verts, essayant de reconnaître dans cette femme debout sur le perron la jeune fille allègre qui lui lisait des histoires avant de s'endormir, et qui lui avait beaucoup manqué.

Au bout d'un certain temps, qui lui sembla une éternité, Cornelia se rendit compte que cet homme qui disait être le poète était trempé, ainsi que probablement toutes les affaires qu'il y avait dans son sac. Elle alla vers lui sous la pluie, ouvrit la grille qui donnait sur la rue, reconnut chez cet homme de vingt ans le regard cristallin du petit garçon de six ans qu'il avait été, et, avec un sourire timide mais sans s'autoriser la moindre effusion – de tendresse comme de rejet –, elle l'invita à entrer. Elle-même était incapable de mettre un nom sur ces sentiments mêlés qui obstruaient sa poitrine.

Ma mère et ma tante Santa, chacune devant leurs devoirs, échangèrent un regard étonné et curieux en voyant leur mère traverser la cuisine et monter à l'étage avec un homme mouillé qu'elles n'avaient jamais vu. Quelques minutes plus tard, Cornelia descendit avec une attitude que ses filles ne lui connaissaient pas : c'était comme si elle venait de se réveiller d'un très long sommeil.

Leur mère, d'ordinaire si calme, agissait comme si elle avait un peu trop bu. Elle parlait plus fort que d'habitude et bredouillait tout un tas de mots qui n'avaient aucun sens. S'aidant des rares phrases cohérentes qu'elles purent sauver d'une telle inondation sonore, ma mère et ma tante Santa parvinrent à déchiffrer que cet apollon qui venait de faire irruption chez elles (et qui était encore plus appétissant que le héros de l'émission pour enfants qu'elles regardaient après le déjeuner) était un vieil ami de leur mère.

Cornelia n'avait jamais parlé du poète à ses filles, et avec le temps, elle s'était débrouillée pour que le Latino-Européen cesse d'évoquer l'Italienne et son fils. Si Julia et le poète ne l'avaient pas autant influencée durant sa jeunesse, et s'ils ne lui avaient pas autant manqués, elle aurait fini par les oublier à force de ne plus les mentionner. Mais non, Cornelia n'avait pas oublié cette femme qui avait été comme une mère pour elle, et encore moins son petit garçon, son jeune frère, son protégé, qui se lavait aujourd'hui au premier étage, devenu un homme comme elle avait rarement eu l'occasion d'en voir au cours de ses trois décennies d'existence.

Cornelia parlait sans discontinuer car dans sa tête s'emmêlaient les questions qu'elle voulait poser au poète et les moitiés de réponses qu'elle pouvait donner à ses filles. Avant que l'invité ne redescende, ma grand-mère Cornelia mit rapidement maman et Santa au parfum : elle mentionna vaguement Fernando en faisant l'impasse sur l'épisode machette – les petites n'avaient pas encore l'âge de savoir comment leur grand-mère Yolanda était morte – puis elle leur expliqua comment elle avait appris à être femme avec Julia, et mère avec le poète. Elle leur raconta aussi la vie dans cette grande maison avant leur naissance, la manière dont les heures du jour s'écoulaient paisiblement en préparant de délicieux plats créoles ou italiens, ainsi que ses soirées passées à lire des histoires au poète. Soudain elle se rappela le jour de la naissance de Berta et son visage s'assombrit. Elle n'en parla pas à ses filles (ce qui était arrivé ce soir-là restait un secret entre elle et le poète), mais elle interrompit abruptement son récit et retourna à ses fourneaux pour soulever le couvercle de son rôti noir, feignant de rectifier l'assaisonnement et profitant de cet angle où ses filles ne pouvaient pas la voir pour laisser couler ces deux larmes qui revenaient la visiter sans faute dès qu'elle se souvenait de sa fille aînée.

Au début, ma grand-mère Cornelia avait rejeté sur le poète toute la culpabilité du malheureux destin de ma tante Berta, mais quand l'Italienne et son fils partirent pour l'Europe et qu'elle n'eut plus personne à accuser, elle fut gagnée par le remords. Pourquoi n'avait-elle pas insisté pour implorer son aide ? Pourquoi n'avait-elle pas gardé Julia à ses côtés au cas où ? Pourquoi n'avait-elle pas crié plus fort ?

Deux larmes de plus remontèrent à la surface, celles qui lui rendaient visite lorsqu'elle se sentait à nouveau coupable. Mais quand elle repensait à l'attitude atroce du poète, ce n'étaient pas des larmes qui lui venaient, mais une haine aride qui n'autorise pas de sanglot, ainsi que deux questions auxquelles elle avait cru ne jamais trouver de réponse, jusqu'à ce jour où il vint sonner à sa porte. La première : avait-il eu conscience de ses actes ce soir-là ? Et la seconde : quatorze ans plus tard, se rappelait-il ce qui s'était passé dans la chambre où Berta était née ?

Toujours devant son rôti, dos à ses filles, elle entendit le poète descendre les escaliers et comprit que l'heure était enfin venue de régler ses comptes avec son passé.

Sans attendre d'y avoir été invité, le poète s'assit à la table de la cuisine et se mit à discuter avec les deux adolescentes impressionnées par un tel monument, car il faut bien reconnaître qu'il était un hommage vivant à la beauté masculine. Ma grand-mère Cornelia lui proposa un verre de vin rouge, puis elle s'en servit un à son tour et alla s'installer à table avec eux.

— Où est Berta ? demanda aussitôt le visiteur.

Maman et ma tante Santa se regardèrent puis se tournèrent vers leur mère, attendant sa réaction.

— Elle est morte il y a sept ans, répondit sèchement Cornelia.

— De quoi ? osa demander le poète.

Ma grand-mère le regarda droit dans les yeux et, avec la haine accumulée depuis des années, elle lui dit d'une voix glaciale :

— D'une maladie du cœur causée par le manque d'oxygène à sa naissance.

— Je suis désolé, répondit-il en finissant son verre de vin cul sec.

— Montez dans votre chambre finir vos devoirs, ordonna Cornelia à ses deux filles.

Obéissantes, les adolescentes rangèrent leur curiosité en même temps que leurs livres et leurs cahiers et dirent au revoir au poète avec une coquetterie que leur mère ne leur avait jamais vue. Cornelia perçut le danger que ses filles couraient en se tenant à proximité de cet individu, mais elle fut incapable d'anticiper que le danger qu'elle-même courait était bien plus grave. Son expérience lui avait appris qu'une beauté masculine pareille dans les parages ne fait qu'attirer des problèmes aux femmes, et pire encore si ladite beauté n'est incarnée que par un seul homme; c'est-à-dire que la demande est considérablement plus forte que l'offre.

Cornelia accusait le poète d'avoir eu raison de la santé mentale de sa mère ainsi que de la vie de sa fille, et elle n'était pas disposée à le laisser récidiver avec ce qui lui restait de famille. Elle vida son verre de vin d'un trait puis fit face au visiteur, déterminée à le mettre dehors avant 20 heures, lorsqu'elles passeraient à table comme à l'accoutumée. Elle regarda l'horloge murale de la cuisine : 18 h 30. Il lui restait une heure et demie pour éclaircir ses doutes, mettre le poète à la porte et retrouver la sérénité qu'elle avait mis quatorze ans à conquérir.

— Comment va ta maman ?

Ma grand-mère Cornelia avait commencé par une question inoffensive.

Le poète lui raconta tout ce qui était arrivé à Julia depuis son retour en Italie jusqu'à sa mort, trois mois auparavant. Julia avait su tirer profit de sa beauté au lieu de se laisser étourdir par elle, et, où qu'elle allât, le succès fut toujours au rendez-vous. L'Europe ne fit pas exception, malgré les violentes altercations qu'elle eut avec son père alcoolique.

Dès qu'il apprit que sa fille chérie avait posé le pied sur sa terre natale, il se mit à la chercher jour et nuit avec la promesse de lui offrir une nouvelle vie meilleure. Le père de Julia et le grand-père du poète se trouvait être – à la grande surprise de ma grand-mère Cornelia – un homme très puissant en Italie, lié aux hautes sphères politiques et militaires. Mais Julia fit la sourde oreille aux promesses de son père. Les brusques sautes d'humeur de son géniteur et l'attitude passive et soumise de sa mère avaient été les deux raisons principales (hormis la guerre imminente) qui avaient décidé Julia à tout quitter pour monter dans un bateau direction l'Amérique. Pour tout l'or du monde, elle n'aurait pas été prête à céder la paix intérieure qu'elle avait réussi à bâtir en quittant cette atmosphère sordide. Elle avait lu quelque part qu'aucun arbre ne pousse à l'ombre d'un autre, et la vie le lui avait confirmé : pour grandir et s'émanciper, Julia avait dû partir loin de ses parents. Elle ne ferait pas marche arrière.

À peine arrivés à Rome, Julia comprit qu'en Italie elle ne pourrait échapper à l'influence de sa famille et elle gagna la France avec le poète, là où son passé ne la rattraperait pas.

Dans un vignoble des environs, elle fut embauchée comme cuisinière et femme de chambre, en échange du gîte, du couvert et d'une éducation pour son fils. La culture et la soif de connaissance du petit poète impressionnèrent monsieur Fabre, le propriétaire du château et des vignes. Ce riche Français était tombé amoureux de Julia au premier regard, mais sa passion ne fut jamais réciproque. C'était un vieux veuf déclassé qui avait, malgré tout, su conserver son capital le plus intéressant : une inépuisable capacité de jouissance. Monsieur Fabre s'était attaché au poète et il avait pris l'enfant sous son aile, complétant magistralement l'éducation commencée par ma grand-mère Cornelia. L'école du village où l'enfant fut inscrit lui apporta certes des connaissances de base, mais qui lui servirent beaucoup moins dans la vie que les leçons sur la musique, les femmes, les plaisirs et le vin que son mentor lui dispensa.

Avant que le poète ait eu quinze ans, monsieur Fabre lui avait déjà enseigné l'histoire, l'art, les échecs, les sciences, les religions comparées et, en règle générale, tout ce qui constituait une nourriture pour l'intellect et l'esprit. Et quand l'adolescent les eut fêtés, le châtelain entreprit de lui transmettre les arts relatifs au corps. Si bien que tant le poète que monsieur Fabre connurent en profondeur et littéralement toutes les femmes des environs, jusqu'au jour où le vieil homme mourut avant d'avoir pu rédiger le testament qu'il avait en tête, et dans lequel il comptait léguer la totalité de ses derniers biens – son château et ses vignes – à la belle Italienne et à son fils, qui était désormais devenu un beau garçon de dix-huit ans.

Deux jours ne s'étaient pas encore écoulés depuis la mort de monsieur Fabre que défilèrent dans le vignoble des parents lointains du veuf, chacun prétendant être son plus proche cousin ou son fils illégitime, et par conséquent, son seul héritier légal.

Aucun de ces parents ne prêta attention au jeune poète ni à sa mère – après tout, ce n'était qu'une femme de ménage – mais Julia savait qu'il lui restait peu de temps pour trouver un nouvel endroit où vivre et travailler avant que le château soit vendu et qu'ils se retrouvent officiellement sans toit ni gagne-pain. Ses recherches dans d'autres vignobles et petits restaurants alentour s'avérèrent infructueuses, ce qui décida Julia à partir et à reprendre tout à zéro. Ce fut ainsi qu'elle et le poète débarquèrent à Paris.

À cet instant de son récit, l'humeur du poète changea. Cornelia en comprit bientôt la raison. Peu après leur arrivée à Paris, Julia s'était mise à tousser chaque nuit. Ces dernières années ne furent qu'agonie pour la mère et désespoir pour le fils. Julia avait attrapé un virus respiratoire, dégénératif et incurable, qui lui dévora rapidement la santé et le peu d'argent qu'elle avait réussi à mettre de côté en une vie entière de travail. Angoissé par l'état de sa mère, le poète avait cherché à retrouver son grand-père pour lui demander de l'aide. Il pensa aussi retourner en Amérique pour la faire changer d'air et ainsi compter sur le soutien de Cornelia, qu'il aurait tant voulu revoir, mais l'Italienne refusa les deux propositions. Elle mourut seule et pauvre dans une mansarde glacée, avec seulement son fils à ses côtés.

Pendant son agonie, elle finit par consentir à donner au poète l'adresse de Cornelia, mais elle refusa de lui en dire davantage sur son père ; le poète eut beau faire des recherches, il n'obtint pas plus d'informations sur son grand-père que celles qu'il avait déjà : un prénom sans nom de famille ni adresse postale.

Le poète avait dépensé tout son misérable héritage dans la sépulture de sa mère et un billet sans retour pour l'Amérique. Il avait accosté une semaine plus tôt ; depuis, il dormait dans la rue et mangeait les mangues qu'il arrivait à faire tomber des arbres en jetant des cailloux.

Cornelia se leva brusquement quand elle se rendit compte qu'elle n'avait rien proposé à manger à son hôte affamé. Elle lui prépara une assiette de rôti noir avec du riz blanc, lui servit un verre de jus de canne au citron et lui retira le vin, afin que le jeune homme ne se saoule pas en buvant ainsi à jeun.

Cornelia avait l'estomac noué, incapable d'avaler ne serait-ce qu'un grain de raisin, mais elle le regarda manger en silence puis finit par oser formuler cette question qui la taraudait depuis des années :

— Tu te rappelles ce qui s'est passé le soir où Berta est née ?

— Non, quoi donc ?

— Vraiment, tu ne t'en souviens pas ?

— Et comment je m'en souviendrais ? Je n'avais même pas six ans ! Je pourrais décrire quelques images ou quelques moments brefs, mais rien d'important.

— Rien d'important, répéta ma grand-mère Cornelia avec résignation et tristesse.

— Pourquoi ? Y a-t-il quelque chose que je devrais savoir ?

— De quoi te souviens-tu ?

Le poète réfléchit un instant, puis il finit par dire :

— Je me souviens que tu me lisais un conte, je ne sais plus lequel, répondit-il lentement et sans bien saisir la nature de leur conversation.

— C'est tout ? ajouta Cornelia, essayant de dissimuler l'expression d'incrédulité qui s'était dessinée sur son visage.

— Ensuite j'ai l'image de ma mère qui t'aide à accoucher dans la chambre. Je me rappelle aussi que Berta n'a pas pleuré.

Il y eut un moment de silence, si pesant que le poète cessa de mâcher quand il entendit résonner dans la pièce le bruit de ses dents qui broyaient les aliments.

Cornelia se souvenait de cette soirée avec une telle clarté qu'elle avait du mal à croire que le seul témoin de la scène l'eût oubliée.

— Ce rôti me rappelle mon enfance. Ton plat a une saveur spéciale. Mille fois j'ai rêvé que j'entrais quelque part et que tu étais en train de cuisiner. Mille fois j'ai rêvé que je m'endormais à nouveau au son de ta voix. De ces choses-là, oui, je m'en souviens.

Alors, pour la première fois depuis que la sonnette avait retenti ce soir-là, Cornelia vit le poète comme un homme, non plus comme le petit garçon qu'elle avait pratiquement élevé. Elle prit conscience que lui non plus ne s'adressait pas à elle depuis ses six ans. Avoir été fidèle toute sa vie ne l'empêchait pas de reconnaître le désir dans le regard d'un homme. Elle eut envie de s'abandonner ; une envie qu'elle n'avait pas ressentie depuis des siècles. Elle voulut faire l'amour à cet homme sauvagement, par reconnaissance, par curiosité et par désir ; cependant, elle écarta aussitôt cette pensée de son esprit.

— Pourquoi es-tu venu ? Qu'attends-tu de moi ?

— Je n'ai plus personne. La seule chose que je te demande, c'est de m'héberger temporairement jusqu'à ce que je trouve du travail et que je puisse louer quelque chose. En échange de ça et d'un peu de nourriture, je peux m'occuper du jardin et de la maison.

— Il est 20 heures, les filles doivent dîner.

Ma grand-mère Cornelia connaissait les problèmes qu'elle allait s'attirer en acceptant la proposition du poète. Elle ne craignait pas son mari, car cela faisait bien longtemps qu'il planait au-dessus des questions terrestres du foyer, et Cornelia savait que le Latino-Européen avait de la tendresse pour ce petit garçon qui l'avait sorti de son tramway. Ce qui l'inquiétait plus, c'était le mépris social auquel sa famille devrait faire face, en particulier ses deux filles, dès que se serait répandue dans le village la rumeur qu'une femme mariée vivait avec un autre homme sous le nez de son mari, lui qui travaillait nuit et jour pour subvenir à ses besoins.

Néanmoins et malgré tout, Cornelia accepta.

Maman et tante Santa s'étaient cachées en haut de l'escalier de la cuisine pour épier sa conversation avec la statue grecque. Elles se regardèrent tout excitées en entendant que le marché était conclu et, les yeux pétillants d'euphorie, elles descendirent dès que leur mère les appela pour dîner.

La première nuit du poète dans la maison de la rue du Parc fut paisible, car celui-ci devait être fatigué. La tension commença le lendemain. Ma grand-mère Cornelia, aux tenues d'ordinaire si sobres, descendit à 6 heures du matin préparer le petit-déjeuner parée d'une robe rouge cintrée à la taille, avec un décolleté plongeant qui ne laissait aucune place à l'imagination quant à la rondeur de ses seins, puisque ladite rondeur était carrément à découvert. Il n'y a pas de beauté plus intense que celle d'une femme qui se sait désirée, or le regard du poète n'était que désir.

La répartition des chambres à coucher changea quand les filles eurent grandi ; depuis des années, plus personne n'occupait la pièce qui avait été la chambre de Julia puis de ma grand-mère Cornelia, là où l'arrière-grand-mère Yolanda avait été assassinée à coups de machette. Cette chambre, désormais occupée par le poète, était la seule à se trouver au rez-de-chaussée, à côté de la cuisine, parce qu'elle avait été initialement conçue pour loger le personnel domestique. Grand-mère Cornelia et le Latino-Européen dormaient ensemble dans la grande chambre du premier étage – quoique dans des lits séparés – et les deux filles avaient chacune la leur : ma mère, qui était l'aînée, possédait sa propre salle de bains, et ma tante Santa partageait son cabinet de toilette avec la chambre d'amis.

En ce premier matin avec le poète sous leur toit, les odeurs s'avérèrent bien différentes de d'habitude. Hormis l'odeur d'herbe mouillée dans laquelle s'éveillaient toujours les trois habitantes de la maison – et le Latino-Européen, quand il n'était pas en Europe auprès de son amant –, planait cette fois un parfum d'hormones.

D'hormones adolescentes en plein éveil, d'hormones de jeune homme dont les sens découvrent à peine la sensualité des Caraïbes et l'odeur de femme mûre se sentant à nouveau désirée et qui elle aussi en meurt d'envie. Ça sent quoi, les hormones ? L'odeur peut varier et elle est ténue, mais on reconnaît sa chaleur : c'est un parfum de sexe qui réchauffe l'atmosphère. La sensualité débordait dans la maison, encore fraîche de l'odeur des rêves ayant humidifié les draps cette nuit-là ; mêlée à l'arôme du café brûlant, des fruits tout juste cueillis et du pain qui gonflait dans le four, elle avait fait lever tout le monde de bonne heure.

Les filles, qui profitaient en général du week-end pour faire la grasse matinée, furent lavées et apprêtées dès 8 heures du matin, et elles aidaient leur mère à préparer le petit déjeuner en attendant que, sur son cheval blanc, sorte de sa chambre ce prince charmant arrivé la veille au soir et dont les sœurs rêvaient depuis qu'à l'âge de trois ans elles avaient entendu de la bouche de leur mère leur tout premier conte de fées. Depuis leur plus tendre enfance, ma tante Santa et ma mère avaient vécu dans un état amoureux permanent, mais jusqu'à l'arrivée du poète, l'objet de leur désir avait toujours été imaginaire et généralement partagé.

Lorsque maman avait sept ans et ma tante Santa cinq, elles tombèrent amoureuses de Zorro. Plus tard, ce fut Charlton Heston, et à douze et quatorze ans, elles en étaient déjà à leur septième amoureux – un certain Sandro d'Amérique, qui se déhanchait comme personne. Mais l'amour prit une forme réelle le jour où elles rencontrèrent le poète. Maman et Santa se regardèrent dans les yeux et, sans avoir besoin de mots, elles décidèrent de l'aimer avec la même passion et la même discipline qu'elles avaient déployées à l'égard de leurs galants de fiction. Cependant, elles ne savaient pas (probablement à cause de leur jeune âge) que l'amour, quand il a pour objet un être réel, est beaucoup plus dangereux que lorsqu'il s'agit d'un personnage fictif, et plus encore (même s'il était pour l'instant impossible de le deviner) lorsqu'on le partage avec sa propre mère. Quiconque a déjà partagé l'objet d'une passion connaît évidemment les conséquences que cela peut entraîner.

À 9 heures pile, la sculpture romaine sentant bon le propre fit son entrée dans la cuisine, coupant le souffle aux deux princesses et à la reine mère. Quel danger, ce poète ! Et quand je parle de sculpture romaine, je ne dis pas cela à la légère.

Ceux qui l'ont fréquenté lors de ses meilleures années affirment que ses muscles étaient aussi bien dessinés que ceux des statues antiques et que son corps ne se différenciait d'elles que par la couleur de sa peau (le teint bronzé et chaleureux du poète se trouvant à l'exact opposé d'un marbre froid) et par la taille de son membre. Y compris au repos, la virilité du poète était d'une dimension appétissante, et les gens qui le connurent dans l'intimité prétendent qu'en action celle-ci frisait la perfection. Bien entendu ce n'est là qu'un aspect superficiel de la chose. Après tout, personne ne tombe amoureux d'un corps uniquement. On peut se prendre de passion, jusqu'au plus haut degré, mais pour l'un de ces amours qui marquent l'âme comme ceux que le poète provoquait, il fallait bien plus qu'une façade. Tout son magnétisme résidait en vérité dans sa personnalité à la fois généreuse et inaccessible.

Il avait beau prêter toute son attention à son interlocuteur quel qu'il soit (le poète ne regardait jamais ailleurs lorsqu'on lui parlait), il y avait toujours une partie de lui qui semblait absente. Même quand il livrait ses secrets les plus profonds, il gardait toujours une part de mystère. On dit que plus un animal est faible, plus solide doit être la carapace qui le protège. Révéler ce mystère, découvrir le petit animal caché sous cette carapace épaisse qu'était sa personnalité, devint le but ultime de plus d'une femme. Le poète souriait, complimentait, courtisait, mais toujours depuis son olympe, perpétuellement inatteignable. Malgré des heures d'amour, de cohabitation ou de longues conversations, sa personnalité demeurait un mystère et ses contrastes perturbaient ses amantes : d'un côté, il semblait être un homme bon, sans défense, en demande d'affection et de protection ; mais de l'autre, il était vaniteux, cruel et égoïste, incapable de faire passer le bonheur d'un autre être humain avant le sien.

Il eut beaucoup de maîtresses, aux crochets desquelles il vécut toute sa vie, mais bien que ses nombreuses conquêtes ne fussent un secret pour personne au village, chaque femme pensait être la meilleure, la préférée, la seule vraiment indispensable, et surtout, l'élue. Chacune croyait pouvoir arracher le poète aux griffes de la polygamie et, grâce au véritable et unique amour, l'attacher à elle avec une alliance, ou du moins une promesse de fidélité éternelle – ce dont on ne peut les blâmer. Le poète faisait en sorte que celle qui se tenait en face de lui se sente la créature la plus merveilleuse de la planète et de l'histoire.

En définitive, tout son charme résidait dans le fait qu'il écoutait plus qu'il ne parlait, et surtout, qu'il savait s'y prendre. Les femmes ne tombaient pas amoureuses du poète, mais de la manière dont il les regardait. Elles ne tombaient pas amoureuses de lui, mais d'elles-mêmes en sa présence.

Si sa galante compagnie s'intéressait à la pâtisserie, le poète l'aidait volontiers à battre le beurre avec le sucre, et il écoutait pendant de longues heures, avec des yeux cristallins grands ouverts, les différentes techniques pour séparer le blanc du jaune. Tous les sujets semblaient l'intéresser, tous les hobbies de ses amies et amantes éveillaient en lui un profond intérêt. Était-il réellement autant passionné par la broderie que par la littérature fantastique ou les potins sur la royauté espagnole ? C'est ce que croyait en tout cas chacune de ses maîtresses.

Le poète passait des heures à écouter les histoires d'école des filles, et il fut la seule personne à laquelle ma grand-mère Cornelia osa confier le secret de la vraie sexualité de son mari.

Moins d'un mois après avoir demandé d'être hébergé dans la maison de la rue du Parc, le poète revint bardé de cadeaux pour les filles et leur mère, ainsi que d'argent pour aider aux frais de la maisonnée. Selon l'accord passé entre eux le soir des retrouvailles, le poète devait trouver un autre logement dès qu'il aurait du travail ; toutefois, vu la quantité d'argent et de présents qu'il s'était mis à rapporter chaque jour, il était évident qu'il avait déniché une source fixe de revenus. Pourtant, il ne prit pas la peine de se rappeler leur accord, et ma grand-mère Cornelia ne se précipita pas non plus pour lui rafraîchir la mémoire. Il ne faisait aucun doute que tous les habitants de la maison voulaient que le poète reste, y compris le Latino-Européen, qui avait commencé à passer plus de temps chez lui, en particulier lorsque le poète, torse nu, arrosait les fleurs ou taillait les arbres dans le patio. Pour couronner le tout, son épouse était devenue plus aimable et ses filles plus gaies et obéissantes. Depuis l'arrivée du poète, la maison de la rue du Parc était devenue l'endroit favori de chacun de ses habitants.

Je n'ai pas réussi à soutirer à qui que ce soit la date exacte où ma grand-mère et le poète sont devenus amants. Bien que maman prétende que cela s'est fait plus tard, ma tante Santa a toujours été persuadée que leur histoire avait commencé le jour du petit-déjeuner au parfum d'hormones. Elle dit que, ce matin-là, après leur avoir demandé de débarrasser, grand-mère Cornelia les avait envoyées à la ferme des Pérez Luján avec une liste de courses qui devaient leur prendre l'après-midi entier. À reculons, les filles avaient obéi à leur mère, la laissant seule dans la maison avec la sculpture romaine.

À leur retour, les bras chargés de fromage blanc frais et de toutes sortes de légumes, les sœurs humèrent une odeur qu'elles ne connaissaient pas. Ce ne fut que lorsqu'elles la sentirent sur leur propre corps des années plus tard qu'elles comprirent qu'il s'agissait de l'odeur si particulière du sexe. Les joues rouges et la mine rayonnante, leur mère s'était alors ruée sur le fromage blanc pour le dévorer. Elles ne pouvaient soupçonner que cet après-midi-là grand-mère Cornelia venait de faire son premier pas vers la folie.

Sa condition de femme infidèle aurait pu lui coûter la vie – et la sauver de la folie – si elle avait eu un autre époux que celui-ci. Depuis 1947, le code pénal de notre pays tropical stipulait que si un mari surprenait sa femme en flagrant délit de tromperie et que dans un accès de colère il l'assassinait, cela n'était pas considéré comme un homicide. En revanche, si un homme commettait un adultère, il risquait tout au plus quelques mois de prison, et ce seulement si sa liaison était de notoriété publique. Mais, comme ma grand-mère Cornelia et son mari avaient tous deux quelque chose à cacher, il n'est pas étonnant que le Latino-Européen ait fait mine de ne pas remarquer l'infidélité de son épouse.

À l'heure à laquelle le Latino-Européen partait donner ses cours avec son courrier du jour sous le bras, le poète allait au travail, d'où il ne revenait qu'à la nuit tombée, dans un complet neuf et les poches pleines de billets et de cadeaux.

Le ragot fuita d'une petite bouche ridée mais souriante, puis vint aux oreilles d'un facteur, d'une boulangère et d'une coiffeuse. Ce qui fut amplement suffisant pour que, en quelques heures à peine, la nouvelle – agrémentée çà et là d'un petit changement ou d'une exagération – fût revenue aux oreilles de tous les villageois, dont ma grand-mère et ses deux filles. Lorsque l'information lui parvint après avoir fait le tour des environs, Cornelia fut submergée par une colère qui lui fit comprendre pour la première fois la réaction de Fernando en cette nuit tragique des coups de machette. Si on lui avait servi un peu d'alcool avec ça, elle se serait probablement elle aussi précipitée sur une machette pour supprimer, sinon son amant, du moins sa virilité ; mais comme elle se faisait laver les cheveux lorsque cela arriva, l'eau froide sur son crâne l'aida à garder son calme et à donner le change.

Ce jour-là, le Latino-Européen était parti pour Paris au petit matin et Cornelia était surexcitée à l'idée que, libérée de toute présence conjugale, elle pourrait passer la nuit aux côtés de son amant. Elle ne s'en faisait jamais pour ses filles, qui ne savaient pas ce qu'était le sexe, se couchaient tôt et n'ouvraient jamais la porte de la chambre de leur mère sans avoir demandé l'autorisation avant. Pour plus de sécurité, les amants fermaient la porte à clé.

Cornelia sortit de chez elle peu après son mari afin de s'acheter une nouvelle robe pour cette occasion si attendue (le Latino-Européen n'avait pas voyagé depuis trois mois). En sortant de la boutique de vêtements, elle se rendit au salon de beauté, où l'on s'occupa d'abord de ses mains et de ses pieds – un luxe auquel elle n'était pas habituée –, puis elle demanda une coiffure spéciale ; si spéciale qu'elle eut droit pour le même prix à cette nouvelle qui lui parcourut la colonne vertébrale comme une décharge électrique.

En sortant du salon de beauté, grand-mère Cornelia fila dare-dare chez la veuve Pérez Luján, qui habitait une demeure seigneuriale digne de la propriétaire de la ferme et de la moitié des commerces du village qu'elle était. Cornelia en eut alors la confirmation. Incognito, elle vit la vieille dame de soixante-quinze ans rouler des hanches au bras galant du poète, son nouvel amant et protégé. Dans sa robe neuve, les ongles vernis et coiffée à la dernière mode, Cornelia rentra chez elle en courant, s'enferma dans sa chambre et n'en ressortit que trois jours après. En rentrant de l'école quelques heures plus tard, ses filles ne trouvèrent ni goûter ni maman pour les accueillir. Le soir venu, quand le poète rentra à son tour les bras chargés de cadeaux, il trouva la porte de la chambre de sa maîtresse fermée à clé, puis se lassa de la supplier d'ouvrir sans obtenir de réponse. Les filles lui expliquèrent que lorsque leur mère s'enfermait ainsi, cela ne servait à rien d'essayer de la raisonner.

Ce que le poète trouva en revanche, ce fut les deux jeunes sœurs habillées en femmes qui l'attendaient avec émotion, après avoir passé les heures normalement destinées aux devoirs à lui préparer un véritable festin.

Le poète fut charmé par la malice et la maturité des deux adolescentes, et la conversation se poursuivit jusque tard dans la nuit, passant de leurs matières préférées aux avantages de ne pas être les plus belles de la classe.

Les repas et les discussions se répétèrent les deux soirées suivantes. Le sujet du baiser fut évoqué dès le deuxième soir, puis repris par les convives lors du troisième dîner. Sans la surveillance de leur mère, qui leur permettait tout au plus de partager un verre pour les occasions spéciales, les petites n'eurent lors de cette troisième soirée aucune limite sur les bouteilles de vin, qu'elles débouchèrent allègrement pour honorer leur invité et fêter ce vendredi tant attendu. Le lendemain, elles pourraient faire la grasse matinée, aussi la célébration devait-elle durer la nuit entière. Ce n'était pas tous les jours que leur mère s'enfermait dans sa chambre et qu'elle les laissait libres de faire ce qu'elles voulaient. Il fallait en profiter. Le poète, fasciné par tant d'enthousiasme et grisé par l'alcool, accepta leur proposition de ne pas mettre un terme à la fête avant l'aube.

Cette nuit-là, ma tante Santa et ma mère, qui avaient hérité des talents culinaires de Cornelia, élaborèrent un festin de tapas espagnoles accompagnées de trois bouteilles de tempranillo qu'elles débouchaient à qui mieux mieux. Elles dansèrent toutes les sévillanes qu'elles avaient apprises à l'école et le poète leur apprit à danser le tango comme monsieur Fabre le lui avait enseigné.

Grand-mère Cornelia, toujours murée dans son dépit, fut réveillée à 3 heures du matin par une fanfare de rires et de musique. Déterminée à ne pas sortir de sa retraite volontaire avant dimanche minuit, grand-mère veilla le reste de la nuit en notant dans son journal ce qu'elle entendait et pensait. Si elle avait décidé de garder la chambre si longtemps, c'était dans l'intention de punir son amant par le vide de son absence ; or, contre toute attente, sa cruelle sculpture romaine avait décidé de faire la fête avec ses deux filles. Que cherchaient-elles, ces petites ingrates qui ne l'avaient même pas suppliée de leur ouvrir sa porte ? Depuis le début de son isolement, les filles n'avaient fait que lui monter de la nourriture et de l'eau puis se retirer discrètement, obéissantes, lorsque leur mère leur répétait : « Laissez-moi seule. »

Il fallait bien dire que les filles étaient habituées aux absences de leur mère. Elles savaient que c'était sa manière à elle de résoudre les problèmes et ne crachaient pas sur la liberté que leur donnait la disparition de leur génitrice. Qui plus est, depuis l'arrivée du poète, l'attention de leur mère était monopolisée par le fait (au nom du bon vieux temps) de devoir lui lire un conte tous les soirs. Les sœurs n'avaient pas encore eu l'occasion de séduire leur nouveau prince charmant, jusqu'à ce que leur mère finisse enfin par s'isoler.

Après avoir dansé, joué du piano et chanté pour le poète les airs de la chorale de l'école, les filles se jetèrent épuisées dans le canapé du salon et demandèrent au poète de leur parler de lui. Celui-ci, expert en l'art de ne point trop en dire, leur accorda une ou deux anecdotes sur sa vie avec monsieur Fabre, et sans que les filles ne s'en aperçoivent, il recentra la conversation sur elles, sur leurs histoires et leurs désirs de jeunes filles débordant de vie dans un village qui en manquait tant. Commencèrent alors les confessions intimes et avec elles le fameux sujet qui déclencha tout le reste.

La veille, les filles avaient fait semblant d'être expertes en l'art subtil du baiser, mais ce soir-là – sûrement à cause des trois bouteilles d'élixir de vérité qu'elles avaient dans le nez –, elles avouèrent au poète n'avoir jamais embrassé personne.

À l'étage, Cornelia avait entendu les bruits de talons des danses flamencas, les notes de piano, les chœurs et le brouhaha inintelligible des conversations. Mais le silence soudain réveilla son instinct de mère et de femme. Telle un fauve, elle enfila sa robe de chambre rouge, sortit à pas de loup, descendit en courant les escaliers de la cuisine, passa subrepticement la tête dans l'embrasure de la porte du salon, s'attendant au pire, qui s'avéra pourtant moins grave que ce qu'elle découvrit.

Depuis sa cachette, elle vit avec netteté le poète introduire sa langue experte et joueuse dans la bouche de sa fille aînée (ma mère) tandis que la cadette les observait avec une rigueur scientifique, attendant son tour de biscuit comme un chien obéissant. Le premier cri de Cornelia fut intérieur, de sorte que nul ne l'entendit, mais lorsque la langue du poète en eut fini avec sa fille de quatorze ans et alla s'aventurer entre les lèvres ouvertes de son « bébé » de douze ans, ma grand-mère Cornelia poussa un hurlement dont l'écho a continué de résonner entre les murs de la maison pendant plusieurs décennies.

Cornelia arracha Santa aux griffes du poète et flanqua à ma mère une gifle si forte que la marque de ses doigts resta imprimée plusieurs semaines sur sa joue. Elle ordonna au poète de ficher le camp et de ne plus jamais s'approcher de ses filles, menaçant de le dénoncer à la police pour viol sur mineures si elle le revoyait dans les parages.

Le poète tenta de la raisonner, mais ma grand-mère Cornelia le fit taire en lui assénant des coups de poing faibles et maladroits sur le torse et le visage. Elle traîna dans l'escalier ses filles honteuses et ivres, et les enferma chacune dans leur chambre, en emportant la clé. Elle ferma le verrou de la porte entre le rez-de-chaussée et le premier étage, mit les trois clés dans la poche de sa combinaison de nuit et alla se mettre au lit, épuisée par cette semaine qui fut la pire de sa vie : par deux fois son cœur de femme avait été brisé et par deux fois encore son cœur de mère.

Malgré la fatigue, elle n'arrivait pas à dormir et fixait le plafond, se remémorant sans le vouloir les images qu'elle venait de voir. Cornelia était tombée amoureuse pour la première fois en trente-quatre ans, mais elle s'y était mal prise. Elle fit un bilan de sa vie à la lumière des ombres qui obscurcissaient son âme et n'y entrevit rien d'autre qu'obscurité et échec. Ses filles étaient des libertines. Sa relation avec son mari n'avait été que mensonge depuis le début : le Latino-Européen s'était lâchement servi d'elle pour camoufler sa vraie nature aux yeux de la société, et pire encore, elle avait accepté d'entrer dans son jeu par peur de se retrouver seule et d'avoir à affronter la vie sans compagnon qui lui fasse office de béquille. Avec le poète elle avait aperçu un rai de lumière mais il l'avait bernée comme une adolescente naïve et enamourée. Elle se tourna vers son passé mais ne put y voir que tragédie ; et quand elle voulut penser à l'avenir, il n'y avait plus qu'un trou noir. Ce furent les derniers mots qu'elle écrivit dans son journal.

Les petites s'effondrèrent à peine allongées sur leur lit, car elles n'étaient habituées ni à se coucher tard ni à boire de l'alcool. La première à se lever le lendemain fut ma tante Santa, réveillée par un rayon de soleil de 14 heures qui filtrait à travers une fente de la fenêtre, visant pile son œil gauche. Elle regarda l'horloge, étonnée que sa mère ne soit pas encore venue lever la punition et leur apporter le petit-déjeuner – en l'occurrence le déjeuner – de la réconciliation, celui-là même qui allait normalement de pair avec une leçon de morale. Elle appela sa sœur qui dormait dans la chambre d'à côté, mais n'obtint pas de réponse. Elle appela ensuite sa mère, sans plus de succès. Elle pensa que la punition devait être particulièrement sévère (consciente de la gravité considérable de ce qu'elles avaient fait) et elle décida de se recoucher jusqu'à ce que Cornelia vînt lui ouvrir.

Ce fut à cet instant qu'elle entendit la voix de ma grand-mère : cette dernière chantait, sur un ton plus aigu que d'habitude, une chanson dissonante à propos de poupées de porcelaine se cassant en mille morceaux. Elle appela sa mère, qui ne lui répondit pas. Le volume de sa voix baissait petit à petit, indiquant à Santa que ma grand-mère s'éloignait des chambres et qu'elle avait probablement décidé de les garder enfermées là plusieurs heures encore. La maison fut plongée quelques secondes dans le silence, jusqu'à ce que, depuis sa chambre, il soit rompu par sa grande sœur.

— Tu as entendu ? demanda ma mère, à la fois moqueuse et effrayée.

— Oui, ça fait un bout de temps que je suis réveillée, répondit tante Santa, qui aurait aimé dormir un peu plus.

— Et maman, elle n'est pas venue nous sortir de là ?

— Non, et j'ai l'impression que le poète aussi est parti. Je crie comme une folle depuis que je suis réveillée, mais personne ne me répond.

— Bon, maman finira bien par venir nous chercher, il faut dire qu'on l'a mérité. Je suis sûre que ce sera pour le dîner.

Malgré leurs élucubrations, grand-mère Cornelia ne vint jamais. Les filles passèrent deux jours sans manger, enfermées dans leur chambre, sans d'autre possibilité pour communiquer que leurs propres cris qui s'évanouissaient sans avoir été entendus dans le labyrinthe de pièces et de couloirs de la demeure de la rue du Parc.

Le poète avait obéi aux ordres de sa logeuse et, le soir même des baisers, il avait réuni ses affaires et emménagé chez sa maîtresse, la veuve Pérez Luján. Il allait y vivre comme un roi sans avoir à travailler, en échange de quoi il devrait partager le lit de sa vieille protectrice, labeur dont on se doute qu'il ne lui fut pas toujours agréable (de tout le week-end, il ne se montra pas à la maison de la rue du Parc). Il avait bien saisi les menaces de ma grand-mère Cornelia et il savait – pour l'avoir expérimenté très tôt dans la vie – le mal qu'un cœur brisé est capable de faire. Cependant, n'ayant aucune nouvelle des filles le lundi, il décida d'aller les attendre à la sortie de l'école. Il savait que Cornelia n'y serait pas et voulait prendre des nouvelles de ses jeunes amies punies.

Il attendit que la cour se fût vidée, mais il ne les vit pas. Ce qu'il vit en revanche, ce fut ma grand-mère Cornelia qui errait, sale, décoiffée et sans but. Elle se trouvait en plein milieu de la rue, pieds nus et vêtue uniquement de sa robe de chambre rouge ouverte, laissant voir sans pudeur la partie frontale de son humanité nue. Elle criait le nom de ses filles et chantait une chanson en rapport avec des poupées de porcelaine cassées en mille morceaux.

La police se présenta à la maison de la rue du Parc quelques heures plus tard et libéra les petites filles. Le Latino-Européen, prévenu de l'incident par le poète, rentra d'Europe dans les jours suivants. Ses deux filles, le poète et lui rendirent visite à ma grand-mère Cornelia à l'hôpital où elle avait été internée pour subir une série d'examens ; mais elle ne reconnut aucun de ses visiteurs. Elle les regarda avec indifférence lorsqu'ils entrèrent dans sa chambre d'hôpital et, ne sachant pas de qui il s'agissait, reprit le fil de sa chanson. Les médecins demandèrent puis obtinrent une autorisation de transfert à Guanate, un village côtier où atterrissaient tous ceux qui se réveillaient un jour sans souvenirs et avec une conscience déconnectée de toute interaction humaine.

Mon grand-père, avec un pragmatisme d'Européen et une facilité de Latino-Européen, fit l'après midi même les démarches nécessaires pour envoyer ses deux filles dans un internat à l'ouest du pays et, faute d'informations sur ce qui s'était passé chez lui en son absence, et sans la moindre piste sur les causes de la folie de sa femme (ou le moindre intérêt pour cette question), engagea le poète pour s'occuper de la maison pendant ses absences prolongées.

Trois jours après avoir rendu visite à son épouse folle, le Latino-Européen conduisit ses filles, rongées par la culpabilité, à la gare routière où elles montèrent dans l'autobus qui les déposa devant la porte de leur nouveau collège et foyer.

Durant leurs années d'internat, maman et tante Santa – elles qui avaient été jusqu'à présent des amies et complices inséparables – prirent leurs distances au point de ne plus s'adresser la parole que pour se saluer quand elles se croisaient de temps à autre dans les couloirs de ce lugubre bâtiment en béton. Il n'y avait qu'en se séparant et en ne reparlant plus de l'affaire qu'elles pourraient oublier ce qui s'était passé, ou du moins atténuer leur culpabilité par le silence.

Le premier retour à la maison pour les vacances fut le plus difficile. En montant dans l'autobus qui les ramenait au village, elles se sourirent avec tendresse, mais l'une alla s'asseoir devant et l'autre le plus au fond possible. Arrivées à destination, elles s'aperçurent avec inquiétude que celui qui les attendait n'était pas leur père (lequel passait de plus en plus de temps en Europe) mais le poète ; et plus beau que jamais, pour compliquer encore un peu les choses. Pendant leur séjour de deux semaines rue du Parc, le poète les traita avec la distance d'un serviteur. Il leur parlait comme à des enfants, non comme aux femmes qui avaient toutes deux goûté à ses lèvres.

Et comme si son indifférence ne suffisait pas, le poète eut le toupet de leur présenter l'une de ses petites amies du moment, une certaine Lucía, qui passa plus d'une nuit sous leur toit tandis qu'en haut, chacune dans sa chambre, les deux sœurs pleuraient en silence, de solitude et de dépit, sans même se parler entre elles.

Au cours de ces mornes années d'internat, maman et tante Santa cessèrent d'être les petites filles joueuses, gaies et innocentes qu'elles avaient été jusqu'alors et se forgèrent cette dureté qui ne les quitterait plus. Tandis que les sœurs grandissaient et s'endurcissaient, le poète continuait de s'occuper de la maison, passant de maîtresse en maîtresse ; certaines jeunes et belles, d'autres riches et matures, comme la veuve Pérez Luján.

Peu avant que maman ait fini son lycée, les années de travail et d'efforts du poète finirent par porter leurs fruits : l'une de ses vieilles amantes millionnaires mourut et, faute d'héritier direct, légua sa fortune au poète, qui se garda bien de rendre publique sa nouvelle condition. Il continua de travailler chez nous en séduisant les femmes du village et des environs sans rien changer à sa routine ; pas même le fait de cesser d'inclure ses chères vieilles dames dans son vaste répertoire galant.

Entre-temps, ma mère avait découvert que la meilleure façon de faire taire la solitude était de travailler dur ; aussi étudia-t-elle tellement qu'elle finit par obtenir une bourse dans l'une des meilleures universités du monde. Elle put ainsi se rendre à Paris à l'âge de dix-sept ans, persuadée qu'elle ne remettrait plus jamais les pieds dans ce pays rétrograde et sous-développé où il ne lui restait plus qu'une mère démente, une maison squattée par un pervers et un père indifférent, qu'elle ne voyait qu'à de très rares occasions.

Seule la perspective de ne plus revoir sa sœur lui faisait mal, mais la distance entre elles était devenue si forte qu'aucune des deux n'aurait à cette époque été capable de répondre correctement aux questions les plus basiques concernant l'autre.

De quatorze à vingt et un ans

DOCTEURE MULATONA & MRS PRIMITIVA

L'un de ces philosophes dont je ne me souviens jamais du nom – et pourtant je me rappelle très bien des passages de ses théories que je préfère (et que j'ai tendance à panacher de mes propres réflexions) – a dit ou écrit que l'être humain se développe par étapes de sept ans. De fait, à Paris, maman était sortie avec un type qui prétendait avoir changé de pays, de métier et même de femme tous les sept ans. Naturellement, leur relation n'avait pas duré, mais maman se l'était toujours rappelé comme l'un des hommes les plus heureux (et intéressants) parmi tous ceux qui avaient partagé son lit.

Mais revenons à notre philosophe. Selon lui, l'être humain développe son corps physique entre zéro et sept ans : c'est l'étape pendant laquelle notre corps subit le plus de changements structurels. De sept à quatorze ans, c'est au tour du corps énergétique de se développer, raison pour laquelle beaucoup de mères sont prêtes à faire plein d'allers et retours entre l'école, le karaté, le club de foot et la piscine, pourvu que leur progéniture dépense cette énergie qui semble inépuisable et qui, si on ne la draine pas un peu, serait capable de rendre fou même le dalaï-lama.

Entre quatorze et vingt et un ans, l'individu développe sa dimension émotionnelle, voilà pourquoi il pleure, il souffre, il se réjouit, il tombe amoureux, cesse de l'être puis retombe amoureux si souvent que lorsque le cycle se termine, il peut enfin se sentir adulte et fatigué. Arrivé à ce stade, son ascenseur émotionnel aurait dû lui avoir appris à ne pas livrer son cœur avec autant de légèreté qu'aux premières années de ce cycle si tumultueux.

Vient ensuite l'étape du développement intellectuel, entre vingt et un et vingt-huit ans, mais comme ceci n'est pas un livre de philosophie, je me bornerai à dire brièvement que l'homme cultive donc les différents aspects de son corps et de son esprit par intervalles de sept ans jusqu'à la fin de sa formation, à l'âge de quarante-neuf ans, quand il est enfin prêt à exercer des professions de pouvoir, comme par exemple philosophe ou président. Tout ce blabla juste pour expliquer pourquoi j'ai divisé le récit de mon développement et celui du développement de Primitiva en périodes de sept ans – du moins jusqu'à ce qu'Ignacio l'interrompe, mais nous y reviendrons plus tard.

Les premières années de la vie de Primitiva furent des plus tourmentées, car la pauvre petite maigrichonne était livrée à elle-même et ne bénéficiait pas encore de la précieuse présence de Mulatona Montiel, à qui personne ne cherche des noises.

À partir de l'épisode « première communion » et jusqu'à son quatorzième anniversaire, j'ai pris le contrôle de l'âme de Primitiva. Malgré l'ascenseur émotionnel caractéristique de cette période de croissance, les choses fonctionnèrent à la perfection. Puis vint le jour fatidique de cette fête dont je ferai le récit d'ici quelques pages. Pour l'heure, revenons à la grande maison et à la petite chambre où je m'étais réveillée le matin de ma naissance.

Après avoir rempli un sac plastique de provisions trouvées dans la cuisine, j'ai quitté la maison de mon bienfaiteur anonyme avec mon casse-croûte et je suis allée me cacher dans un parc pas loin afin d'organiser ma nouvelle existence. Quelques heures plus tard, la police m'avait retrouvée et ramenée à ma famille.

À la maison comme à l'école, on se mit à me témoigner un respect auquel je n'avais jamais eu droit. Je ne sais pas si c'était parce que je leur avais manqué le temps de ma courte disparition ou parce qu'ils avaient remarqué que ce n'était pas Primitiva qui était rentrée, toujours est-il que l'attitude de tout le monde changea considérablement.

Leur faire accepter le changement de nom fut un peu plus compliqué. Sans donner d'explications, j'avais demandé qu'on m'appelle Mulatona en arrêtant de répondre au prénom Primitiva. Les adultes n'avaient opposé aucune résistance. L'un des psychologues chez qui on m'avait envoyée avait informé mes trois parents – devant moi – que j'avais été traumatisée par mon enlèvement, que je niais la réalité et que ma seule manière de dépasser ces souvenirs traumatiques était un dédoublement de la personnalité. Par conséquent, mieux valait entrer dans mon jeu jusqu'à ce que je décide de mon propre chef de révéler ce qui s'était passé pendant ces quelques jours obscurs. Le poète, maman et ma tante Santa avaient discuté avec mes professeures, et, dans l'intention de me protéger de traumatismes inventés par eux, ils avaient commencé à m'appeler Mulatona ; les doigts dans le nez !

Ce fut un peu plus corsé avec mes camarades de classe, mais le jour où j'ai réussi à maîtriser Ricky, j'ai gagné leur respect à tous. Les quelques jours qui suivirent mon retour, Ricky me ficha la paix, car mon enlèvement était encore récent et parce que je n'avais pas pris la peine de préciser que je n'avais pas été enlevée, mais que ma disparition avait été volontaire. Malgré les protestations de Primitiva, d'une honnêteté à toute épreuve, je me suis énormément amusée à décrire les conditions inhumaines de ma captivité. Mais les gens oublient vite, et entre les nouvelles plus fraîches et mon prompt rétablissement, mes professeurs comme ma famille et mes camarades finirent par oublier ce qui m'était arrivé ; et bien que m'appelant toujours Mulatona, ils cessèrent de me traiter avec les précautions des premières semaines. Du coup, Ricky se sentit libre de recommencer à me harceler ; pourtant, à la première tentative – et ce même si Primitiva me faisait encore trembler les muscles des jambes malgré moi –, j'ai pu le neutraliser une bonne fois pour toutes.

La première chose à faire quand on veut mettre un ennemi hors d'état de nuire – ce n'est pas nouveau, on voit ça dans tous les films et les bandes dessinées avec des super-héros –, c'est de détecter son point faible.

Primitiva avait toujours été si autocentrée sur ses faiblesses qu'il ne lui traversait pas l'esprit que son pire ennemi, ce dangereux démon d'à peine neuf ans, puisse lui aussi avoir un point faible. Moi je savais que tous les êtres humains ont une fragilité quelque part, et depuis mon soi-disant enlèvement je m'étais appliquée à observer avec une rigueur scientifique tous les faits et gestes de Ricky. J'ai même demandé au poète de m'acheter un cahier à carreaux où je prenais chaque jour en note mes observations. Il m'avait suffi d'une enquête méthodique de moins d'une semaine pour déterminer le point faible de Ricky : Camila Montes de Oca.

Toute personne amoureuse étant par définition vulnérable, dès que je vis la manière dont le regard de Ricky changeait en présence de notre camarade rouquine, je compris qu'il n'aurait plus jamais le dessus sur moi. Dès que j'eus la certitude que Ricky était amoureux, je n'eus plus jamais peur de ses remarques blessantes. Au contraire, j'attendis patiemment qu'il donne le premier assaut pour lui montrer ma nouvelle supériorité.

Naturellement, je commençai par devenir copine avec Camila. Ce simple fait me donnait déjà vis-à-vis de lui un statut de danger potentiel. Il me fut assez facile de gagner la confiance de la rouquine grâce à ma nouvelle personnalité. Une fois cette première mission accomplie, j'attendis l'extase avec une patience de moine, qui arriva un matin en cours d'éducation physique. Après nous avoir fait trottiner cinq minutes, le professeur nous avait fait asseoir sur les gradins pour nous expliquer les règles du basket-ball. Visiblement, l'amour ou le manque de pratique avait brouillé l'intelligence de Ricky, car la seule chose qu'il trouva à dire lorsqu'il voulut m'humilier après une longue période d'abstinence fut :

— Monsieur ? Primitiva et Mulatona, elles jouent pour un ou pour deux ?

La blague était ratée, mais elle avait suffi à faire éclater de rire nos petits camarades ; ce n'était d'ailleurs un secret pour personne que mon changement de nom faisait drôle à toute la classe.

Instinctivement, Ricky regarda Camila une microseconde pour voir si sa plaisanterie avait fait mouche, mais il n'obtint pour toute réponse que l'indifférence de sa bien-aimée. Le temps de notre courte amitié, j'avais réussi à ce que Camila ressente pour Ricky le même mépris que moi. J'en profitai pour marquer un point décisif. Avant que le professeur réagisse et me défende, je pris les devants :

— Monsieur, ne faites pas attention à lui, c'est juste que Ricky est amoureux de Camila, mais comme elle dit qu'il sent mauvais, il le fait payer aux autres.

Tout en parlant, je regardais Ricky avec mon nouveau sourire hautain et la satisfaction de voir sa figure devenir écarlate au moment d'être démasqué devant toute la classe, et pire encore, devant Camila. Personne n'osa rire ni faire de commentaire, car tout le monde avait compris que l'empire de la terreur rickienne venait de s'effondrer. Après une pause, je donnai le coup de grâce :

— Et au fait, Ricky, Primitiva n'est plus scolarisée ici. Mon nom est Mulatona, et celui qui me cherche des noises s'en mordra les doigts.

Le professeur mit un terme à la discussion et se dépêcha de reprendre son cours pour éviter d'autres malentendus, mais mon message était parfaitement passé. Parce que j'étais l'amie de Camila et parce que je savais Ricky éperdument amoureux d'elle, j'avais le contrôle sur lui. Depuis ce cours d'éducation physique, Ricky ne me chercha plus jamais de noises. Il commença même à bien me traiter et à essayer de se lier d'amitié avec moi pour se rapprocher de son amoureuse, mais le pardon ne faisait pas partie de mes paramètres. Peut-être Primitiva aurait-elle eu pitié de lui ; mais moi je pris personnellement soin de le maintenir à distance de ma nouvelle amie.

Primitiva avait une coupe de cheveux ringarde et une armoire pleine de ces mochetés choisies par des parents ignares, absolument pas au courant de ce qui se porte ou pas. Je profitai de la permissivité de mes trois parents depuis mon enlèvement pour leur demander de m'amener chez le coiffeur et faire les boutiques pour renouveler ma garde-robe. Pour que les autres y croient, un changement intérieur doit se voir aussi de l'extérieur. Sinon, on finit soi-même par l'oublier.

Je me suis débarrassée des petites robes nunuches de Primitiva, roses et à rubans, et dès l'âge de neuf ans et jusqu'à la fin du collège, j'ai porté les cheveux détachés (tantôt longs, tantôt courts) et je me suis habillée en noir.

Petit à petit, tout le monde s'est habitué à ma nouvelle personnalité et à ma nouvelle apparence, sauf ma mère qui, voyant que le changement était sérieux, crut que j'avais pété un plomb et me traîna chez divers docteurs à zinzins pour avoir confirmation ou invalidation de ma bipolarité.

Ainsi débuta ma tournée chez tous les psychologues et psychiatres de la ville, un parcours qui n'eut pas de conséquences particulières sur moi, si ce n'est une addiction précoce aux tranquillisants, addiction qui avait plus commencé par plaisir que par nécessité. Je ne racontai à aucun docteur mon passé de petite fille rose et timide qu'on appelait Primitiva, mais quand maman leur expliquait, tous donnaient raison au premier médecin : mieux valait accepter ma nouvelle identité et m'appeler par mon nouveau nom, sauf si je changeais d'avis.

De la même manière que j'avais cessé de croire en Dieu depuis que Ricky avait souillé ma robe dans la prétendue maison de ce Seigneur qui n'avait pas moufté, je cessai de croire aux psychologues et aux psychiatres quand maman m'imposa ce grand tour des cabinets. Je sais que ça marche sur certains, et je n'ai rien contre eux ni contre leurs disciples, mais quelque chose me gênait : tous les docteurs donnaient leur diagnostic devant moi, ce qui n'est pas malin, surtout si le patient n'est pas encore entré dans l'adolescence.

Le premier affirma que je souffrais d'une légère dépression, ce qui fit craindre à maman que je me suicide et la décida à demander un deuxième avis. Le deuxième avis, en l'occurrence celui d'une doctoresse, m'affubla de troubles obsessionnels compulsifs de la personnalité. Face à ce désaccord scientifique, maman consulta une troisième éminence, qui n'écarta pas l'éventualité que je souffre d'un début de schizophrénie.

À bout de force et le portefeuille vidé par ces sons de cloche contradictoires, ma mère demanda s'il existait un médicament susceptible de me guérir, et le dernier médecin se hâta de me prescrire du Bromazepam, afin, j'imagine, que maman voie qu'il gérait la situation. J'ai donc passé le reste de mon enfance à moitié abrutie, dans des limbes dont je me souviens mal, d'une humeur toujours égale et toujours un peu fatiguée. Cette période de ma vie ne mérite pas qu'on s'y attarde trop, aussi passerai-je directement à mon adolescence.

Ce ne furent ni les pilules ni les médecins qui firent revenir Primitiva du cimetière des personnalités insipides où elle avait été enterrée. Primitiva fit son retour l'année où j'ai arrêté mon traitement, l'année de notre première boisson alcoolisée et de notre premier amour, un mélange plus toxique et addictif que n'importe quel anxiolytique.

À treize ans, comme c'est le cas de tout le monde à cet âge-là, je me suis rebellée. J'arrêtai de prendre mes pilules du jour au lendemain. Je mis deux semaines à redormir normalement, mais cela en avait valu la peine : Mulatona fit un retour fracassant. J'obtenais de meilleures notes que jamais, et la vie, qui a un grand sens de l'humour, voulut que Ricky me déclarât sa flamme. Je ne me moquai pas de son romantisme débutant, car l'étape de la cruauté était dépassée depuis longtemps entre nous, mais je lui répondis gentiment que j'avais de plus grandes aspirations.

En effet, je cherchais à cette époque une proie pour mon premier baiser avec la langue. Quelques-unes de mes camarades de classe (deux ou trois, rien d'alarmant) avaient déjà été embrassées de cette manière. Être la dernière à avoir été embrassée avec la langue aurait été une chose que seule une personnalité fade comme celle de Primitiva aurait pu tolérer. Moi, au contraire, j'ai toujours été pionnière (et curieuse). Avec la même discipline toute scientifique avec laquelle j'avais démasqué Ricky du temps où il était amoureux de Camila Montes de Oca, je me suis appliquée à étudier tout le trombinoscope du collège pour choisir celui qui serait le premier garçon à fourrer sa langue dans ma bouche.

J'étais en cinquième mais l'adolescent qui me plaisait était en troisième. Il s'appelait César Suárez. Un vrai beau gosse ! Je ne fus pas longue à tomber amoureuse de César car c'était le saint patron de notre établissement. Dès qu'il sortait en récréation, la cour s'illuminait, tout cessait d'être en noir et blanc pour passer à la couleur. Ma vie barbante de collégienne devenait un film d'aventures.

Je n'avais jamais touché à une balle de baseball… que je voulais déjà jouer en première division. Primitiva se serait contentée de n'importe quel camarade de classe, mais moi, je suis comme ça, je voulais un type plus vieux : si je ne peux pas entrer par la grande porte, alors je n'entre pas.

Néanmoins, cette fois-ci, la grande porte ne s'ouvrit pas. Après cinq récréations à essayer en vain d'attirer l'attention de César par tous les moyens, je décidai qu'il serait plus bénéfique à ma santé sexuelle et mentale de changer de prince charmant, puisque celui-ci s'apprêtait à passer au lycée, le peu de mois de collège qui lui restaient ne me suffiraient pas à conquérir son amour. Par ailleurs, si je perdais trop de temps, la liste des filles déjà embrassées risquait de s'allonger, ce qui pouvait nuire à ma réputation.

Il me fallait un plan d'urgence pour parvenir au moins à ce premier baiser. J'aurais ensuite le temps de planifier calmement la perte de ma virginité et trouver pour cela un candidat de plus grande envergure. D'abord, le problème de ne pas avoir été embrassée avec la langue quand pas une, ni deux, mais trois filles de ma classe faisaient déjà étalage de leur supériorité dans ce domaine exigeait une résolution immédiate.

Primitiva faillit se rabattre sur le premier petit gros avec acné et appareil dentaire qui l'avait regardée ; il me fallut donc mettre le holà. Nous pouvions patienter encore un peu : même si notre situation était sans nul doute alarmante, embrasser le premier boudin venu ne ferait que l'aggraver.

Fidèle à la méthode de ma grand-mère Cornelia, je me suis promis de rester enfermée dans ma chambre jusqu'à avoir trouvé une solution, mais je n'eus finalement besoin que de deux heures pour que l'éclair de génie survienne : en quatrième, seulement un an au-dessus de moi, il y avait le petit frère de César, Juan Luis Suárez. Sans être doté de toutes les qualités de son frère, il lui ressemblait vaguement, et, la bouche ouverte et les yeux fermés, je pourrais imaginer que c'était César. La proie était choisie, ne manquait plus que le plan d'attaque.

Le problème avec le collège – et avec le monde en général – est qu'il se divise en sous-ensembles entrant rarement en interaction. Une fille en noir, avec des cheveux courts comme je les portais à l'époque et cinq anneaux dans chaque oreille n'attirait que le regard des garçons en noir, avec des cheveux longs et un anneau dans l'oreille (qu'ils cachaient dans leur poche pendant les cours et le remettaient dès qu'ils sortaient du collège ou quand ils ne se trouvaient pas dans le champ de vision parental).

Mais Juan Luis n'était ni de ceux-là ni d'aucun autre. Ce n'était pas un metalleux, ni l'un de ces asociaux qui jouent à Donjons et Dragons pendant toute la récré ; il ne faisait pas partie non plus de la catégorie des artistes et intellos, il n'était pas vraiment athlétique, c'était plutôt un type lambda, mais gentil. En fait, il semblait insipide à première vue, mais désespérée comme je l'étais à ce moment-là à cause de cette histoire de baiser, j'avais fantasmé que derrière son regard indifférent et ennuyeux se cachait un passionné, un homme pétri d'aventures intérieures qu'il ne partagerait qu'avec la bonne personne. Et, bien entendu, la bonne personne, ce serait moi.

Première étape de la conquête : l'observation, toujours. J'ai passé au bas mot trois mois à étudier chaque geste du garçon que j'avais choisi pour mon premier baiser. Il n'avait pas de copine, mais son cœur et son amour-propre étaient en lambeaux : la seule fille dont il avait été amoureux avait fini par lui céder et devenir sa petite amie, avant de le quitter deux heures après lui avoir dit oui.

Les fiançailles les plus courtes de l'histoire du collège avaient eu lieu plus d'un an auparavant, mais ni Juan Luis ni ses camarades n'avaient oublié cette humiliation. C'était la cible idéale, mieux encore que ce que j'avais pu imaginer dans mes rêves les plus fous. Rien de plus facile que de conquérir un cœur brisé.

Après la phase d'observation, vint celle de la planification. Comment faire pour approcher Juan Luis et son groupe ? Lui et ses copains constituaient une bande difficile à cerner : ni populaires ni losers, ils étaient du genre dans la moyenne. Il n'y avait que des garçons et ils ne semblaient partager aucun passe-temps particulier qui m'eût permis un rapprochement. Ni les BD, ni le hard rock, ni les jeux vidéo… Bref, rien qui puisse m'aider à engager une conversation banale. J'aurais facilement pu débarquer avec un sweat Iron Maiden si ç'avait été le groupe préféré de Juan Luis, mais non : cette bande n'avait aucune passion ; il fallait trouver une autre stratégie.

Primitiva étaient de celles qui se laissent conquérir, de sorte que faire le premier pas était impensable. L'éventualité d'un rejet aurait représenté pour elle une humiliation impossible à surmonter en toute une vie ; moi, en revanche, j'étais prête à prendre les plus gros risques pourvu que j'obtienne rapidement ce premier baiser avec la langue. Le premier de ces risques serait de changer de look. Un type comme Juan Luis ne s'intéresserait jamais à une fille aux cheveux courts, car pour un gars dans son genre, c'est pareil que d'être un mec. Je décidai donc de me les laisser pousser, tout en gardant le noir comme couleur préférée.

Mon changement de look coïncida avec les grandes vacances ; et quand j'entrai en quatrième et Juan Luis en troisième à la rentrée suivante, mes cheveux m'arrivaient presque aux épaules, une longueur plus que décente pour passer à l'attaque. J'ai laissé mes fesses grossir d'un ou deux centimètres de chaque côté et je me suis acheté des vêtements noirs plus moulants que d'habitude. À quinze ans (voire à tout âge, sauf pour ceux qui évoluent), les hommes sont assez basiques : des seins et des fesses, voilà tout ce qui compte, du moins au début, et j'étais disposée à offrir ces deux choses à Juan Luis en échange de mon baiser avec la langue. Mais ce baiser m'avait déjà occupée plus d'un trimestre, ce qui à cet âge-là est une éternité.

Les cours commencèrent en octobre. Pour me rapprocher de Juan Luis, j'avais intégré l'équipe féminine de volley, car il faisait partie de l'équipe masculine et les entraînements avaient lieu sur deux terrains voisins. Je pris aussi l'habitude de me rendre aux quelques concerts de groupes locaux auxquels je savais qu'il assistait, j'appris à jouer aux dominos car on disait que ses copains cherchaient parfois un quatrième joueur, et j'allai même jusqu'à monter un club de philatélie au cas où il voudrait s'inscrire. Pourtant, malgré tous mes efforts, il ne me regardait pas comme je voulais qu'il le fasse.

Celui qui me regardait en revanche avec ces yeux-là, c'était son meilleur ami Humberto, ce qui retarda beaucoup mon processus de conquête. J'envisageai de me dépuceler de la langue avec Humberto, mais les bagues sur ses dents diminuaient l'attrait de la chose. Je l'ignorai donc comme Juan Luis le faisait avec moi, et les années auraient pu s'écouler ainsi et ma langue se dessécher à force de ne pas être utilisée s'il n'y avait pas eu cette fête chez les Marconi.

Indira Marconi était dans la classe de Juan Luis et c'était la fille la plus laide non seulement de toutes les troisièmes mais aussi de tout le collège. Toutefois, de la même façon que les aveugles compensent leur handicap par d'autres sens exacerbés, Indira compensait son manque de grâce naturelle par une famille millionnaire qui l'autorisait à organiser les meilleures fêtes de l'histoire du lycée Ávila.

Tous les troisièmes et les secondes étaient systématiquement invités à ses booms mémorables, mais Indira se montrait très stricte dès qu'il s'agissait de convier des élèves de classes inférieures. Il fallait mener une campagne de relations publiques avec pots-de-vin inclus plusieurs mois durant pour arriver ne serait-ce qu'à lui faire envisager la possibilité d'une invitation.

Malgré tout, j'étais déterminée à y aller, car j'avais entendu dire que personne ne finissait célibataire pendant ces fêtes qui duraient jusqu'au petit matin – pas même cette mocheté d'Indira.

On ne pouvait y entrer qu'accompagné d'une personne du sexe opposé, que l'on était prêt à partager, car chaque fille recevait un papier rose avec un numéro et chaque garçon un papier bleu avec un autre numéro. Le but de la fête était de retrouver celui ou celle qui avait le même numéro que soi et de lire ensemble les instructions qui n'étaient justement lisibles que lorsque les deux papiers étaient réunis.

Si les couples formés suivaient ces instructions devant un serveur posté derrière l'un des bars disséminés dans la villa, ils gagnaient une bouteille de la boisson spéciale de la maison : le Carbone 14. Les froussards se limitaient à la bière et à l'eau-de-vie bon marché, les seuls alcools disponibles pour eux.

Vers minuit, il était facile de distinguer ceux qui avaient suivi les instructions de ceux qui n'avaient pas osé : les bourrés à la bière et à l'eau-de-vie somnolaient ou vomissaient dans les coins, tandis que les détenteurs d'une bouteille de «Carbone 14» avaient une énergie et une vitalité particulières qui les faisaient tenir toute la nuit. La boisson spéciale de la maison Marconi était légendaire.

Par ailleurs, les instructions sur les morceaux de papier allaient du petit jeu innocent (comme par exemple se mordiller trois fois la lèvre inférieure) à des actions plus culottées où la fille devait ouvrir la braguette du garçon avec la bouche ou déchirer un bout de ses sous-vêtements avec les dents.

Il restait deux mois avant la prochaine fête, ce qui me laissait à peine soixante jours pour devenir amie avec Indira et, en plus d'obtenir une invitation, établir un plan pour que mon numéro et celui de Juan Luis correspondent. Être copine avec Indira n'était pas suffisant, je devais devenir sa meilleure amie, ou du moins me rapprocher suffisamment d'elle pour arriver à faire partie de l'organisation, tout cela sans être dans sa classe.

Une fois de plus, ma rigoureuse méthode d'observation scientifique constitua ma botte secrète. Après quelques récréations, j'avais remarqué qu'Indira portait toujours la même paire de chaussures, un exploit incroyable et digne d'admiration quand on sait que dans un collège où tous les élèves doivent porter un jean et une chemise pour uniforme, le seul symbole du statut social sont les chaussures. Plus sa famille était riche, plus un élève avait de paires de Reebok à exhiber dans la cour de récré, ce qui provoquait la jalousie des enfants d'intellectuels ou de communistes (là-bas, il n'y avait pas de pauvres) auxquels on n'achetait que de fausses Reebok – Rebook, Reebook, Reebock, etc. – ou, plus humiliant encore, des tennis Didaven.

Puisque Indira était en bonne position sur la micro-échelle sociale du collège grâce à ses fêtes, porter les mêmes chaussures tous les jours (d'affreux mocassins de marque inconnue) devait être dû à des raisons indépendantes de sa volonté. Je fis donc tous les magasins de la ville à la recherche des chaussures d'Indira, certaine qu'elles étaient la clé d'un début d'amitié entre nous. Et cela ne manqua pas : les chaussures d'Indira lui avaient été prescrites par un docteur après s'être fait retirer des oignons plantaires. Eurêka ! Indira avait passé l'été à se faire opérer des pieds, et ce n'était pas n'importe quelle opération : les *oignons*, sûrement l'un des mots les plus laids du dictionnaire après *gonorrhée* et *aisselles*.

Je n'aurais eu aucun mal à devenir l'ennemie d'Indira, mais je voulais son amitié et l'humiliation publique ne pouvait faire partie de ma stratégie. Je pris de l'argent dans le portefeuille du poète et m'achetai une paire de ces immondes chaussures orthopédiques, identiques à celles d'Indira.

Rien n'affecte Mulatona, mais il faut bien dire que porter des chaussures orthopédiques au collège requiert une sacrée force de caractère. Pendant plusieurs jours j'essayai de faire en sorte qu'Indira regarde mes pieds, mais je m'arrangeai aussi pour ne jamais croiser Juan Luis. S'il me voyait avec ces horreurs aux pieds, l'humiliation serait comparable à celle du caca sur ma robe de communion.

Un matin, dans la queue pour acheter des empanadas à la cantine, le miracle eut lieu : je fis volontairement tomber une pièce de monnaie que j'avais dans la main, et Indira, qui était juste devant moi dans la file, regarda par terre pour voir ce qui était tombé. C'est alors qu'elle remarqua mes pieds, pareils aux siens, et non seulement elle se baissa pour ramasser et me rendre ma pièce, mais elle me lança un regard complice. À cet instant, grâce à mon opération d'oignons qui n'avait jamais eu lieu, naquit notre amitié.

Cet après-midi-là, Indira m'invita chez elle. Je n'eus qu'à aller dans son sens et à ponctuer son récit de quelques «Je sais!» émus, pour qu'elle pense que j'étais moi aussi passée par cette douloureuse expérience; en plus, j'avais réussi à ce que personne ne l'apprenne au collège (les oignons, ce n'était pas une opération aussi cool qu'une tumeur ou une fracture). Le fait d'avoir partagé la même expérience traumatisante pendant les vacances nous lia immédiatement l'une à l'autre : nous étions toutes les deux contre le monde entier, aucun collégien ne savait ce que cela faisait d'être passé par là. Ma stratégie avait fonctionné à merveille. Dès le jour de notre rencontre j'avais obtenu une invitation pour sa fête ainsi que le privilège de l'aider à l'organiser.

Deux semaines après notre première conversation à la cantine, j'avais déjà confié à Indira mon obsession pour Juan Luis et, par chance, le docteur Vera «nous» avait enfin donné la permission d'enlever nos chaussures post-opératoires. Avec la promesse d'Indira de donner à Juan Luis le même numéro que le mien, le 64, sur lequel nous avions écrit des instructions précises, le jour de la fête arriva.

Je m'étais habillée pour tuer. En arrivant à la soirée, j'avais l'impression d'être un mélange de Sophia Loren et Sarita Montiel. Mais en rentrant chez moi après cette nuit fatidique, je m'étais sentie plus Primitiva que jamais, plus encore que dans ce stupide cercle de maternelles où j'avais dû dire mon prénom.

Mulatona aurait pu survivre à une blessure mortelle, voire deux, mais les trois estocades que je reçus ce soir-là firent revenir Primitiva à toute allure, tandis que Mulatona était changée en vomi, étalée sur le tapis persan de madame Marconi.

La première estocade fut donnée par Juan Luis. Je savais de source sûre qu'il avait le numéro 64 : Indira en personne me l'avait confirmé en le lui donnant. Lui, évidemment, ignorait qu'il tomberait sur moi, mais pas que les instructions comprenaient un baiser avec la langue et un tripotage de seins (c'était moi qui avais choisi ces règles écrites au dos de nos deux papiers). Après tout, quel collégien n'aurait pas eu envie de lécher une langue et de toucher un sein ? Eh bien Juan Luis, visiblement.

Ce qu'il y avait de plus amusant dans le jeu des petits papiers pendant les fêtes d'Indira Marconi, c'était la phase de flirt. Quel plaisir d'aller accoster tous les gars du collège pour qui vous avez le béguin et leur demander avec une moue de Lolita si par hasard ils n'ont pas le même numéro que vous ! D'ailleurs, la plupart des couples finissaient par se former entre numéros différents.

J'étais tellement stressée ce soir-là que lorsque j'eus terminé mon travail de coorganisatrice en distribuant les petits papiers aux invités, je fonçai vers le premier comptoir à proximité et je descendis trois verres d'eau-de-vie pour me donner du courage. Il faut préciser qu'à cette époque-là, j'avais déjà bu du vin et de la bière, mais jamais d'alcool fort. Cette information aidera peut-être mes lecteurs à me juger avec moins de sévérité quand ils apprendront ce qui s'est passé ensuite.

Sans prendre le temps de répéter ma scène ni de tester ma moue de Lolita sur quelqu'un d'autre, j'allai directement demander à Juan Luis si par hasard il avait le numéro 64. J'attendais depuis trop longtemps ce premier baiser avec la langue pour le repousser davantage.

En roulant sensuellement mes hanches de Mulatona, je l'accostai avec l'assurance que mes jours de pucelle linguale étaient terminés. Je manquai de rendre mes trois verres quand, avec un toupet incroyable, cet énorme enfoiré osa me dire en face que non, il n'avait pas le numéro 64. Le sang en ébullition et l'estomac écrasé contre ma colonne vertébrale, bien que prête à faire tomber son masque, je lui demandai :

— Et lequel tu as ? Peut-être que je peux t'aider à trouver ta cavalière.

— Je n'en ai pas, je l'ai perdu.

— Regarde un peu dans ton cul, il doit être coincé tout au fond, tafiole.

Pourquoi avais-je été aussi obscène ? Je ne l'ai jamais su. On peut accuser Mulatona de tout sauf d'obscénité, et pourtant ce soir-là je découvris une facette de moi-même que je ne connaissais pas. Un peu honteuse, mais la tête encore haute, j'allai droit vers la cuisine pour demander à Jaime, le majordome des Marconi – qui me connaissait bien depuis que je venais régulièrement chez Indira pour préparer la fête –, une bouteille de Carbone 14, cette boisson qu'on ne donnait qu'aux numéros qui se retrouvaient et accomplissaient leur pénitence. Prétextant que c'était pour le bar, je la cachai dans mon blouson et je m'enfermai aux toilettes pour la vider cul sec.

J'en sortis aussi sobre que j'y étais entrée. L'alcool mettrait quelques minutes à monter, assez longues pour subir ma deuxième humiliation avec une pleine lucidité.

En ouvrant la porte des toilettes, je tombai sur Humberto, qui me souriait de tout l'éclat de ses bagues répugnantes.

— T'as quoi comme numéro, princesse ?

— Pas le tien en tout cas.

— Allez, fais voir...

Et, ni une ni deux, je lui montrai mon flamboyant numéro 64, qui évidemment était le même que le sien : son pote Juan Luis le lui avait donné.

Un peu pour me venger de Juan Luis, un peu pour me punir d'avoir été idiote et un peu pour me débarrasser une bonne fois pour toutes du poids de ma virginité buccale – et rafler au passage une autre bouteille du précieux élixir Marconi –, je poussai Humberto dans les toilettes d'où je venais de sortir et le laissai mettre sa langue dans ma bouche et me toucher un sein pendant au moins cinq minutes dégoûtantes. Après toute cette agitation, comme je ne me sentais toujours pas saoule, je lui suggérai d'aller faire la même chose devant un serveur pour gagner la bouteille. Derrière la porte, Juan Luis et ses copains nous attendaient avec un billet de 20 qu'ils donnèrent à Humberto devant ma pomme. Ce n'était qu'un pari, et pas cher payé.

Affaiblie par cette première estocade, je n'eus pas assez de force pour esquiver le deuxième coup. Je me frayai un passage entre Humberto et Juan Luis, et j'allai directement prendre deux autres verres. Quitte à avoir la gueule de bois, que la fête soit folle !

Quant à la suite de la soirée, il ne m'en reste que quelques rares îlots flottant dans une lagune mentale infinie. Je me rappelle avoir dansé « sensuellement » sur une table, ainsi qu'avoir fait une fellation à une bouteille de bière vide devant les mines dégoûtées de Juan Luis et consorts. Je me souviens aussi d'avoir couru après Juan Luis en criant « je t'aime » puis «je te déteste, enfoiré de menteur». J'ai une image de moi-même en train d'éclater contre le mur la collection de poupées en porcelaine de madame Marconi; sinon, je me rappelle avoir vomi sur le tapis persan et je crois me souvenir d'Indira en pleurs m'accusant d'avoir pourri sa fête.

Je me réveillai dans mon lit, avec la gorge sèche et sur la langue un immonde goût d'Humberto, d'alcool et de bile. D'après ce que j'avais réussi à reconstituer à partir du peu d'informations données par le poète le lendemain (maman et Santa refusèrent de me parler pendant un mois), Jaime avait apparemment appelé à la maison pour qu'on vienne me chercher. C'était le poète qui m'avait ramassée sur le tapis persan imbibé de vomi qui me servait de lit. Jaime lui avait dit que je ne pourrais plus jamais remettre les pieds dans cette maison et il lui avait conseillé de me changer de collège. Quand madame Marconi rentrerait d'Italie deux semaines plus tard et verrait l'état lamentable de son tapis et les morceaux microscopiques de sa collection de poupées en porcelaine, la vérité éclaterait inévitablement au grand jour et rien au monde ne pourrait apaiser sa furie. Elle ferait jouer son influence au sein du comité directoire du lycée Ávila pour me faire renvoyer, si jamais je ne partais pas avant.

J'ai fini ma scolarité dans un collège public – de ceux où l'on envoie les enfants de riches réfractaires se frotter au monde réel. Et à ce monde réel, je m'y suis bien frottée.

Je n'ai jamais eu de problème avec la drogue, malheureusement. Aujourd'hui, je me demande si je n'aurais pas mieux vécu la fin du collège avec la placidité de la marijuana ou la lucidité de la cocaïne, ou si j'avais eu la sagesse de reprendre des tranquillisants.

Mon talon d'Achille était l'alcool. Car malgré tout ce que je viens de raconter, je n'avais pas retenu la leçon, ni celle de la fête Marconi ni toutes ces autres fois qui auraient pu me donner l'occasion d'apprendre de mes erreurs. Depuis cette première soirée et ce jusqu'à mon dernier jour de collège, docteure Mulatona – si courageuse à une époque – ne fut plus qu'un sac de remords et de mauvaise estime de soi, incapable de contrôler (et souvent de se rappeler) les crises de Mrs Primitiva, cette nunuche obscure et victime du monde entier qui n'avait besoin que d'un peu d'alcool pour remonter à la surface.

Mulatona fit son retour et Primitiva repartit se planquer à la fin du lycée, quand je quittai enfin ce monastère dédié à l'alcool qu'était mon établissement scolaire, ainsi que cette maison de fous où j'avais grandi avec deux mères et un père, pour emménager dans la capitale et étudier la littérature à l'Université centrale. Aujourd'hui, avec le recul, je me souviens de ces années de fac comme des plus heureuses de ma vie.

Je ne me suis jamais sentie seule, car je passais la plupart de mes soirées dans un minuscule studio loué en compagnie d'auteurs dont je me sentais aussi proche que s'ils avaient été mes meilleurs amis : Borges, Cortázar, García Márquez, Vargas Llosa, Isabel Allende, Alfonsina Storni, Oriana Fallaci, Alexandre Jardin, Gioconda Belli, Jorge Amado, Ernesto Sábato, Hemingway, Simone de Beauvoir… Avec chacun d'entre eux, et beaucoup d'autres qu'il serait trop long d'énumérer ici, je suis sortie, j'ai dîné et j'ai passé la nuit. Voilà pourquoi je suis du genre à ne lire qu'un seul livre à la fois, parce que j'aurais l'impression d'être infidèle en partageant mon attention.

Bien qu'il me soit souvent arrivé de décliner une invitation pour rester chez moi à lire, je passai beaucoup de temps avec mes amis de l'université. Le Nain, Le Bouc, Yokosuna, Edgar, La Chinoise et Bea comptèrent parmi les plus proches. Il y eut aussi Arturo, mon premier petit copain officiel, qui me soulagea du poids de la virginité, d'une manière un peu moins traumatisante que mon premier baiser.

Après trois mois de relation, j'avais dit à Arturo que j'étais prête pour l'étape suivante (évidemment que j'étais plus que prête, depuis le premier jour en fait). J'ignore pourquoi beaucoup d'hommes croient que les femmes ne pensent qu'à se marier et avoir des enfants alors qu'eux ne pensent qu'au sexe. Ce qu'ils sont mignons, ce qu'ils sont innocents. Mais ce n'est pas ici que je mettrai les points sur les i, parce que en fin de compte, niveau stratégie de séduction, ça nous réussit pas mal de faire les difficiles (ce n'est pas pour rien que les amours illicites sont les meilleures, surtout comparées à celles que la société approuve) ; laissons donc les choses en l'état.

La Chinoise et Bea m'ayant prévenue que ça faisait un peu mal la première fois, j'avais décidé d'avoir recours à mon analgésique préféré : du rhum pur ; mais à cause des embouteillages dans les rues de la capitale, ma première fois ne fut pas vraiment ma première fois. Arturo avait mis du temps à venir me chercher dans mon petit studio pour m'emmener dans le seul hôtel qu'on pouvait se payer : un motel en bord de route fréquenté par les époux infidèles, les prostituées pas chères et les étudiants. En l'attendant, sans savoir comment gérer l'émotion et le stress, j'avais arrêté de compter les doses d'analgésique ingurgitées. Malgré tout, nous avions fini par arriver à l'hôtel et partager une intimité ; car finalement, quoi de plus intime que de tenir les cheveux de sa copine nue et ivre pendant qu'elle vomit, puis de la laver et la mettre au lit ?

Je crois que ce jour-là, le problème ne fut pas le rhum pur, mais l'excès de planification. Cela faisait des semaines que nous économisions pour payer ce motel dans l'espoir que notre première nuit soit parfaite. Il était inévitable qu'après une telle préparation quelque chose tourne mal. J'ai fini par offrir ma virginité à Arturo trois jours plus tard (il l'avait amplement méritée) dans un local de ménage à la fac. J'ai encore aujourd'hui un sourire nostalgique en repensant à l'odeur de serpillière mouillée et de désinfectant bon marché.

Voici comment, pendant un temps et grâce à Arturo, je substituai aux plaisirs de la lecture ceux de l'intimité partagée. Et je ne parle pas seulement de l'aspect charnel de la chose, mais aussi de cette intimité avec un grand i dont je découvrirai plus tard qu'elle était très difficile à trouver. Nous avons partagé des voyages, des livres, de la musique, mais surtout nous avons ri à gorge déployée chaque jour que nous avons passé ensemble.

Malheureusement, à vingt ans, rares sont les personnes capables d'apprécier la valeur d'un lien véritable, et je ne faisais pas partie de celles-là. Ce que j'avais découvert avec Arturo me plut tellement que je me demandai si se limiter à un seul homme – aussi génial fût-il – ne revenait pas à se limiter à un seul auteur ; et la curiosité prit le dessus sur l'amour que je lui portais. Aujourd'hui que je possède toute une bibliothèque de souvenirs, j'ai conscience que j'aurais davantage apprécié cette première expérience si elle m'était arrivée un peu plus tard dans la vie. Mais que voulez-vous… Il n'y a pas d'exercice plus vain que celui qui consiste à réinventer l'histoire.

Après Arturo, d'autres suivirent, aussi bien pendant qu'après mes années fac. Il n'y en eut pas tant que ça, mais assez pour ne pas me laisser le temps de m'attacher. À vingt et un ans, licence de lettres en poche, le monde s'ouvrait à moi, et tant ce petit village où j'avais grandi que le pays tout entier me semblèrent soudain minuscules. Plus Mulatona que jamais, j'obtins une bourse pour partir à l'étranger, et ainsi je partis, avec ma valise pleine de rêves, sans me douter que je serais de retour dans la rue du Parc deux mois plus tard.

1964-1979

TANTE SANTA ET LE POÈTE

ou comment le soulier de Cendrillon donne des ampoules

Deux ans après le départ de maman pour Paris, ce fut au tour de ma tante Santa de terminer le lycée, et faute de mieux pour son avenir (contrairement à maman, elle n'avait pas hérité des capacités intellectuelles de grand-mère Cornelia), elle décida de retourner vivre dans la maison de la rue du Parc, le temps de décider ce qu'elle ferait de son existence. Ce fut du moins l'excuse qu'elle servit à son père. En réalité, son plus grand rêve était de réhabiter sous le même toit que celui qui était son seul amour de chair et d'os depuis qu'elle avait douze ans. Santa avait commencé à l'aimer non pas au moment de lui offrir sa bouche encore vierge, mais bien avant cela. Elle l'aimait depuis cet après-midi pluvieux où il avait frappé à la porte et l'avait sortie de sa léthargie de devoirs et de journées d'école où elle était plongée depuis toujours.

Quand elle eut dix-sept ans, la beauté de tante Santa s'était mise à éclore. S'il y avait bien une chose dont se gargarisait ma grand-mère Cornelia, c'était d'avoir « amélioré la race ». Du moins en ce qui concernait l'une de ses trois filles car (comme je l'ai déjà évoqué) maman ressemblait davantage à sa mère, petite et commune, qu'à son père, un bel homme grand et svelte. Cela dit, maman compensait la beauté qu'elle n'avait pas par une grande intelligence et beaucoup de charme. Rendons à César ce qui appartient à César.

Tante Santa, au contraire, était belle mais ingénue. Elle avait hérité des grands yeux en amande de sa mère, ceux-là même qui avaient laissé croire au Latino-Européen que grand-mère Cornelia venait d'Iran ou d'ailleurs au Moyen-Orient, mais son regard était du même bleu cristallin que celui de son père. Ses cheveux châtain foncé tombaient avec grâce en dessous de ses épaules. À l'internat, elle avait dévoré les magazines de mode et de beauté, puis elle avait mis son savoir en pratique sur sa propre silhouette – longue et élancée – et sa toilette, toujours soigneusement élaborée.

La tenue qu'elle portait le jour où le poète vint la chercher à la gare routière pour la ramener à la maison provoqua l'admiration des hommes et la jalousie des femmes. Les jambes longues et galbées de ma tante Santa sortaient fermement d'un short qui coupa le souffle du poète, lequel confia l'après-midi même à tante Santa que jamais il n'avait vu de si belles jambes en vingt-quatre ans de vie. Ma tante sourit triomphante et pensa qu'elle avait bien fait de ne prendre qu'un demi-pamplemousse au dîner ces derniers mois à la cantine de l'internat. L'acidité et les nausées dues à la faim n'étaient rien à côté de ce corps dont le reflet dans le miroir méritait tous les sacrifices.

Le poète ne se laissa pas séduire si facilement. Si ma tante Santa l'avait aussitôt mis dans son lit (elle était croyante, mais pas suffisamment pour suivre toutes les règles impossibles et datées de l'Église catholique), cela lui prit trois ans de travail intense et acharné pour le mener jusqu'à l'autel.

Le poète ne fut pas son premier amant. Le professeur d'éducation physique de l'internat, un brillant avocat qui avait abandonné le métier pour ce poste qui lui apportait des revenus moindres mais davantage de bénéfices, se chargeait de faire perdre leur virginité à toutes les demoiselles qui souhaitaient éviter ce risque énorme qui consiste à offrir sa pureté par amour. Il y en eut bien quelques-unes qui préférèrent se réserver pour l'homme idéal – celui qui leur mettrait la bague au doigt, un bébé dans le ventre, de l'argent sur un compte et un tablier autour de la taille –, mais la plupart des lycéennes acceptèrent la proposition de l'enseignant. Les plus aventurières, parmi lesquelles ma tante Santa, prirent même des cours particuliers avec lui et expérimentèrent des techniques qui leur permirent bientôt de dépasser le maître, ce qui n'était apparemment pas la mer à boire.

Si les jambes de ma tante Santa avaient coupé le souffle du poète, ses prouesses au lit le lui rendirent. De grandes bouffées d'air entrèrent et sortirent de sa bouche en soupirs d'extase sexuelle. Il faut dire que s'il y avait bien une chose que le poète savait faire, c'était jouir de la sexualité.

Il éprouvait avec chaque femme un plaisir qu'aucune autre ne pouvait lui donner, même si cela lui prenait parfois du temps. Néanmoins, avec tante Santa, la découverte fut immédiate : il ne put s'empêcher de comparer la mère et la fille, et fut agréablement surpris de constater à quel point les choses peuvent se bonifier d'une génération à l'autre.

Durant les premiers mois qui suivirent son retour à la maison, tante Santa crut lui mettre le grappin dessus en lui offrant au lit ce qu'aucune autre femme ne pouvait lui donner; ainsi, non seulement ne refusa-t-elle aucune de ses requêtes extravagantes, mais elle lui suggéra aussi des expériences que même le poète, malgré son culot et sa science, n'aurait osé ne serait-ce qu'insinuer. Mais son statut de meilleure amante, ou du moins de «plus audacieuse», ne lui servit pas beaucoup. Le poète souffrait d'une curiosité insatiable pour l'exploration des corps féminins. Il n'était pas dans sa nature de s'attacher à une seule femme.

Rongée par la jalousie et le désespoir, tante Santa opta alors pour la stratégie opposée : la chasteté la plus stricte. Sous prétexte d'avoir débuté un voyage exploratoire à l'intérieur de son être, à la recherche de sa spiritualité perdue, Santa décida du jour au lendemain de refuser les avances du poète.

Comme je l'ai déjà dit, la folie de leur mère avait endurci les deux sœurs, et vu la volonté de fer de ma tante Santa (capable, nous avons pu le constater, de ne manger qu'un demi-pamplemousse plusieurs soirs de suite), la période d'abstinence s'avéra difficile, sans être impossible. Pour le poète, en revanche, ce fut d'abord une vraie torture, mais il trouva vite quelqu'un pour combler les heures laissées vacantes par Santa. Le jeu dura un certain nombre de mois, mais étant donné l'échec patent de sa stratégie, et face aux nécessités croissantes de son corps lascif peu coutumier des longues périodes d'abstinence, ma tante Santa décida de mettre fin à la trêve et de regagner le lit du poète avec encore plus d'intensité et de passion qu'avant (sans pour autant cesser de réfléchir à une nouvelle stratégie, bien entendu, puisque son unique ambition dans la vie était de faire définitivement accoster cet homme insaisissable).

Face à la pression exercée par son père pour qu'elle poursuive ses études, tante Santa passa les examens d'admission à l'université locale. Elle avait choisi la filière la plus facile, la moins contraignante, pensant qu'elle y trouverait peut-être un imbécile qui lui servirait à rendre jaloux le poète. Ce serait là sa troisième et, heureusement pour le poète, dernière stratégie.

Comme beaucoup de ses contemporaines, surtout dans ce pays latino-américain qui a toujours des années de retard technologique et intellectuel sur le reste du monde, ma tante Santa croyait que le but ultime d'une femme était la procréation. Afin de croître et se multiplier, les femmes devaient employer tous les artifices possibles pour ferrer un bon mari. La tâche n'était pas facile, car la concurrence était rude : la faute au déficit de mâles par rapport aux femelles; par ailleurs, il ne suffisait pas d'attraper un étalon et de mettre au monde un enfant : il fallait que l'étalon en question dispose de moyens économiques suffisants pour entretenir ce nouvel habitant de la planète ainsi que sa génitrice, comme de bien entendu.

À l'époque de ma grand-mère Cornelia, les femmes se montraient aux fenêtres, où elles pouvaient être acquises par les hommes comme de la marchandise en rayon. Mais à l'époque de tante Santa, quelques idées féministes étaient déjà arrivées dans notre pays et la pêche au mari était devenue plus compliquée. Une simple fenêtre ne suffisait plus, les femmes devaient se montrer à l'université et afficher un peu d'intelligence, mais pas trop : que les candidats potentiels ne prennent tout de même pas peur.

Quand une femme pêchait un mari à temps, elle pouvait s'accorder le luxe de tomber rapidement enceinte et d'arrêter ses études sous prétexte d'obligations familiales, la priorité indiscutable de toute épouse bien éduquée en ce pays et ce temps-là. Inversement, si la malheureuse terminait ses études sans s'être mariée ou du moins fiancée, c'était d'ores et déjà une cause perdue. La pauvre fille finirait sans doute célibataire et aigrie, obligée – quelle horreur ! – de travailler pour survivre jusqu'à la fin de ses jours.

Tante Santa, pareille à ses camarades d'université, avait conscience d'être dans la dernière ligne droite et qu'il lui restait à peine cinq ans pour définir la suite de son existence. Cependant, elle ne s'inquiétait pas car elle se savait en possession d'un avantage sur ses congénères : la phase critique de la pêche au mari (celle qui concernait le choix de la proie) était dans son cas déjà résolue. Elle savait parfaitement avec qui elle allait se marier et procréer, ce qui lui donnait une avance considérable sur ses camarades. Nombre d'entre elles, tout juste sorties des lycées pour filles des environs, commençaient à peine à fréquenter des spécimens du sexe opposé qui ne fassent pas partie de leur famille. Les camarades de ma tante Santa enviaient secrètement celles qui avaient convolé dès la fin du lycée, car ainsi, elles étaient parvenues à éviter le martyre de l'université.

Mais que voulez-vous… le destin de chaque femme est différent. Le plus important restait de mettre le grappin sur un mari, peu importe où et quand. Et si cela mettait trop de temps, eh bien, peu importait qui, pourvu qu'on soit encore en capacité de procréer. Comme le disait sagement le dicton populaire dans ce pays rétrograde : « Mieux vaut désaper les poivrots qu'habiller les bibelots » (l'activité typique des femmes sans mari était de confectionner les habits des statues de saints pour les églises).

Dès son premier jour de fac, ma tante Santa rencontra l'homme qui l'aiderait à mener le poète jusqu'à l'autel. Il ne s'agissait pas d'un étudiant – aucun n'aurait été à la hauteur de ses longues jambes – mais d'un professeur d'histoire : jeune, attirant, intelligent et célibataire. La proie idéale. Son plan était clair : rendre jaloux le poète avec le seul homme des environs capable de lui faire concurrence : le professeur Jones, aussi beau que le poète, mais avec davantage de titres ; et de surcroît, importé d'Angleterre. Un mois après avoir commencé ses études, à la fin d'un cours, Santa invita son professeur à dîner rue du Parc, lequel – qui avait dès le premier jour succombé au charme de ma tante – accepta volontiers l'invitation.

Quand le poète rentra ce soir-là à la maison, il tomba sur le couple en joyeuse conversation, menaçant aussitôt sa territorialité masculine. Le poète pensait que sa fonction biologique consistait à planter sa graine dans le plus de femmes possibles. Même s'il ne pouvait leur garantir la fécondation, il devait faire de son mieux. Des millions d'années de génétique le confortaient dans cette voie, mais qu'une femme se comporte de la sorte, c'était impensable. La nature féminine était différente : ayant à peine une opportunité de procréer par mois, la femme devait choisir le meilleur étalon, or c'était justement lui que tante Santa avait choisi depuis son retour de l'internat. Par conséquent : comment pouvait-elle flirter avec un autre ?

Le poète s'installa à leur table et à trois ils vidèrent plus de quatre bouteilles de vin. Le dîner fut une réussite et, à mesure que le vin leur montait à la tête, la tension entre les deux mammifères masculins, remarquables spécimens d'êtres humains, grimpait elle aussi. Les deux mâles alpha se disputèrent l'attention de la belle, et ce soir-là, juste après le départ du professeur, le poète demanda ma tante Santa en mariage.

Telle fut toujours la version de Santa qui, avant que son fiancé ne se réveille avec la gueule de bois le lendemain, avait déjà propagé la nouvelle dans le village et le monde entier. Le poète jure ne pas se rappeler avoir prononcé cette déclaration, mais il ne s'était pas défilé pour autant.

À Paris, ma mère apprit la nouvelle avec incrédulité et fort peu de joie, mais la date fut fixée malgré tout cinq mois plus tard, pour que cela coïncide avec les vacances de maman et qu'elle puisse assister aux noces aussi prématurées que surprenantes de son unique sœur.

Bien sûr, certaines villageoises ne s'étaient pas laissé séduire par le poète, mais elles n'arrêtaient pas de parler de lui, comme s'il s'agissait d'un ex-mari ou d'un nouvel amant. Et lorsque se répandit la nouvelle du mariage de l'*inferrable*, on ne parla plus que de ça dans la rue. Les hommes mariés nourrissaient le secret espoir que leurs épouses seraient enfin à l'abri de la tentation. De leur côté, les femmes ouvrirent précipitamment leurs portes et leurs cuisses avant que la célébration nuptiale en finisse avec la liberté de leur amant. Elles s'offrirent à lui comme s'il n'y avait plus de lendemain ; personne ne savait si le poète ferait partie de ces hommes donnant raison à la mythologie populaire selon laquelle les amants partisans de la variété, dès qu'on leur passe la bague au doigt, finissent par prendre goût à la monogamie. Attention, danger ! Il fallait profiter du poète avant qu'on le marie, pensaient celles qui avaient été ses maîtresses, tout comme celles qui s'étaient gardées de l'être et revinrent illico sur leur décision.

Comme je l'ai déjà évoqué, bien que ma tante Santa ne manquât ni de beauté ni de persévérance, l'intelligence lui faisait défaut. Cela dit, elle ne manquait pas de mérite : sa stratégie matrimoniale avait fonctionné, et s'il ne fait aucun doute que certaines habiletés sont nécessaires pour séduire un homme insaisissable, soyons honnête : l'intelligence n'en fait pas partie, du moins en ce qui concernait le poète.

Ma parente était maligne, persévérante et elle avait de jolies jambes. Mais avec un petit peu plus de jugeote, elle n'aurait pas choisi ce désastre humain pour fonder une famille. Pourquoi ma tante Santa avait-elle voulu se marier avec le poète ? La question n'est pas très compliquée, car elle y répondait fièrement : d'abord, parce qu'elle était obsédée depuis l'âge de douze ans par cette statue romaine à la peau de cannelle et aux yeux cristallins (ce n'était pas la raison la plus convaincante qui soit, mais on la comprend) ; ensuite (et c'était là qu'un peu plus de matière grise n'aurait pas été de trop), parce qu'elle croyait dur comme fer qu'elle pourrait le changer. Elle était persuadée qu'une fois marié et après lui avoir juré amour éternel devant Dieu – auquel tout le monde savait que le poète ne croyait pas –, son époux deviendrait un modèle de fidélité et de bonne compagnie. Qu'est-ce qui lui avait laissé croire qu'une personne pouvait changer en un jour par la magie d'un simple rite ? Personne ne le sut.

Quoi qu'il en soit, la question suivante était plus complexe : pourquoi, lui, avait-il voulu l'épouser elle ? La réponse, comme on s'y attend, ne sortit jamais de la bouche du poète ; il ne nous reste donc qu'à imaginer plusieurs scénarios possibles.

Premier scénario : le poète croyait que son alliance l'aiderait à accéder au lit des femmes jusqu'alors réticentes. On sait bien qu'il n'y a pour certaines rien de plus attirant que l'homme d'une autre. *Deuxième scénario :* le poète se croyait vraiment amoureux de Santa et pensait calmer son penchant naturel pour la curiosité en restant auprès de la même femme toute sa vie. Ce scénario-là est absolument improbable (surtout en sachant ce qui arriva ensuite et que je raconterai bientôt), mais il faut prendre en compte toutes les hypothèses. *Troisième scénario :* le poète sentait que le temps était venu de procréer et son ego démesuré le poussait à commencer à disséminer au plus vite plein de petits poètes sur la planète, tandis qu'il ignorait encore que sa semence ne comportait aucune vie. *Quatrième scénario :* parce que le rite du mariage, qui ne signifiait rien pour lui et n'aurait jamais changé ses habitudes amoureuses, lui permettrait de devenir le maître et le seigneur de sa chère maison de la rue du Parc, où il avait passé la majeure partie de sa vie.

Quelles qu'aient été ses véritables intentions, l'alliance ne lui servit qu'à continuer de vivre là en faisant défiler les dames dans son lit, puisqu'il ne fut jamais fidèle et n'engendra aucune descendance.

Après une organisation élémentaire, vint le jour de la noce. Une infirmière avait accompagné ma grand-mère Cornelia depuis Guanate. Ma mère était rentrée de France, et ce mariage, selon elle dépourvu de fondement, avait seulement réussi à empirer l'aversion que maman nourrissait pour le poète depuis la nuit des baisers. Elle joua la sœur hautaine tout en allant féliciter sincèrement tante Santa, mais le destin de cette inconnue qu'était devenue sa cadette ne lui importait guère.

Pourtant, cela finit par changer. Si le mariage du poète avec ma tante Santa avait servi à quelque chose (hormis le fait de rendre folles ma mère et sa sœur, comme on le verra plus tard), ce fut à retisser le lien d'amour et de complicité qui s'était rompu depuis tant d'années entre les deux sœurs.

Leurs longues conversations avant la fête avaient rapproché les deux femmes et fait renaître la tendresse qui autrefois les unissait étroitement. Elles n'évoquèrent pas la nuit des baisers, à aucun moment, d'autant que celui qui les avait toutes deux embrassées avait également couché avec leur mère et s'apprêtait à conduire l'une d'elles devant le curé.

Maman ne croyait pas au mariage. Elle disait que c'était une invention de la société pour nous rendre encore moins libres qu'à notre naissance, mais il faut bien admettre que maman avait de tristes théories sur l'existence. La vie avait fini par devenir un poids pour elle. Je me souviens que, petite, j'avais posé cette question à plusieurs personnes de mon entourage : pourquoi vient-on au monde ? Je ne leur avais pas demandé ce qu'ils étaient venus y faire, eux, mais pourquoi y venait-*on* : un « on » impersonnel qui permettrait à mes interviewés de mettre leur ego à distance et d'être au plus près de la question. Les réponses obtenues se rapprochaient toutes beaucoup du mode de vie de chaque individu interrogé. Le poète m'avait répondu qu'on venait au monde pour multiplier les expériences. Ma grand-tante Miriam, l'une des personnes les plus religieuses que j'eusse connues, pensait que c'était pour se préparer à l'au-delà : « Si tu agis bien, tu vas au Ciel et c'est la seule chose qui compte. » Tante Miriam, à force de prier, en avait oublié de vivre. Quant à tante Santa, elle m'avait répondu qu'on venait au monde pour remplir sa fonction biologique, c'est-à-dire la procréation.

Mais à cette époque-là, elle avait déjà arrêté d'essayer. Tant d'années d'échec l'avaient desséchée et épuisée.

Ma mère disait qu'on venait au monde pour survivre, que la vie n'était qu'une course d'obstacles, un dix kilomètres dont tout le monde finissait tôt ou tard par franchir la ligne d'arrivée. Certains (et c'était pour elle inexplicable) arrivaient satisfaits, avec assez d'énergie pour reprendre le parcours depuis le début si cela avait été possible; tandis que d'autres trichaient en prenant un raccourci pour arriver plus vite.

Je me souviens que ma mère prétendait en être au kilomètre quatre et qu'elle n'en pouvait déjà plus. Plus jeune, elle m'avait semblé enthousiaste, idéaliste, passionnée, mais dès que j'ai commencé à la connaître en tant qu'adulte, j'ai compris que maman ne croyait plus en rien; ni à la vie ni à l'humanité, et encore moins à elle-même. Par ma faute, l'une des premières choses auxquelles elle cessa de croire fut l'efficacité des méthodes contraceptives. La « spiritualité » ne lui vint que sur le tard, et honnêtement, je la préférais pessimiste et sceptique, mais c'est un autre sujet, revenons donc à nos moutons.

Malgré les conversations sur les bonnes raisons de ne pas se marier – que les deux sœurs ont dû avoir, j'en suis sûre –, ma tante Santa ne renonça pas à se lier à ce pervers, ainsi que ma mère avait fini par l'appeler un soir de cuite deux jours avant la noce. Tante Santa était convaincue que ma mère était jalouse parce que sa petite sœur se mariait avant elle, et en plus avec l'homme le plus convoité du village; mais (comme nous le verrons plus tard) rien n'était plus éloigné de la réalité. Restons pour l'instant concentrés sur les personnages qui nous intéressent : ma tante Santa et le poète.

Contrairement à ce que beaucoup avaient cru (et tant d'autres désiré) le poète ne fit pas attendre la tante Santa devant l'autel; ponctuel et parfumé, il arriva à la cérémonie et, devant tous ceux qui souhaitaient assister au sacrement, il prononça son OUI majuscule et éternel. Au fond, même ma tante Santa n'en croyait pas ses oreilles.

Les problèmes commencèrent dès la nuit de noces. Après l'une de ces superbes fêtes dont notre village a le secret (avec friture, plats en sauce, salsa et tambours), les jeunes mariés s'éclipsèrent à l'hôtel où ils devaient passer leur première nuit ensemble, non pas comme amants, car c'était fait depuis belle lurette, mais en tant qu'époux aux yeux de l'Église et de la loi. Tante Santa avait appris quelques nouvelles acrobaties qu'elle n'avait pas encore pratiquées avec celui qui était désormais son mari, et elle était certaine de lui faire une bonne surprise en lui montrant ses nouveaux talents. Pourtant, ne fut pas surpris celui qu'on croit.

Ils pénétrèrent dans la chambre obscure et le poète alluma la lumière. Tante Santa l'éteignit aussitôt pour allumer les lampes de chevet, dont la lumière douce était plus adaptée et propice à l'amour. À peine entrés, le poète courut aux toilettes pour soulager une urgence provoquée par un excès de cerises au lard. Entre-temps, Santa en avait profité pour se débarrasser de ses habits blancs et révéler des sous-vêtements tigrés achetés pour l'occasion. Du tiroir de la table de nuit près de la porte, elle sortit un collier de perles et des menottes qu'elle avait demandé à maman de cacher dans la journée. Cette nuit-là, la chambre devait devenir le laboratoire amoureux de ma tante Santa, avec le poète comme cobaye.

Tante Santa attendit son mari debout devant la porte de la salle de bains, à moitié nue, les menottes prêtes à l'emploi. Elle était là depuis quelques minutes à peine quand le cobaye sortit sans se douter de rien. Ma tante le prit par surprise en l'attrapant par l'épaule, mais d'instinct le poète déjoua l'attaque et ce fut la mariée habillée en tigre qui se retrouva par terre, immobilisée sous le poids de son mari.

— Tu es bourrée ou quoi ? demanda le poète, désagréable. Qu'est-ce que c'est que cet accoutrement ?

— Je voulais te surprendre.

— C'est réussi. Enlève ce truc ridicule et mets quelque chose de décent.

— De décent ? Ce soir il n'y aura rien de décent, rétorqua tante Santa avec sa malice habituelle.

Il y eut un silence : le poète comprit que, au sujet du contrat qu'ils venaient de passer, une chose essentielle avait échappé à sa jeune épouse.

Avec douceur mais fermeté, il expliqua à Santa que maintenant qu'elle était sa femme et la future mère de ses enfants, il la respecterait comme il le fallait. Sa dynamique, à partir de ce jour, ne pourrait plus être la même qu'avant. Ils n'étaient plus deux gamins qui jouaient à être amoureux, ils étaient désormais mari et femme, et devaient se comporter comme tels.

Ma tante Santa éclata de rire. Le poète devait forcément être en train de plaisanter, mais celui-ci ne riait pas et la jeune femme comprit la gravité de la situation quand, séance tenante, le poète entreprit de lui enlever doucement le peu de vêtements qui lui restait et de lui faire l'amour avec tant de précautions et de respect que ma tante se demanda si elle devait bâiller ou pleurer. L'acte fut rapide et dépourvu de plaisir pour l'un comme pour l'autre, tenant plus de l'obligation que de la passion, suivi d'une nuit de profond sommeil pour le poète et d'insomnie absolue pour la jeune mariée.

Jusqu'à présent, le poète avait dormi dans la chambre de service, qui avait été celle de Julia puis de Cornelia, mais maintenant qu'ils étaient mariés, il avait droit à la chambre matrimoniale, changement qui n'affecta pas beaucoup la dynamique de la maisonnée, puisque mon grand-père ne dormait plus chez nous depuis longtemps, et lorsque c'était le cas, il ne se sentait bien qu'auprès de ses animaux empaillés.

Apparemment, leurs premiers mois de mariage furent heureux – malgré ce décalage sexuel que je viens de raconter – et si le poète fut infidèle, il eut au moins la décence de le cacher. Pendant un temps, ma tante Santa crut même qu'elle avait réussi à redresser cet homme obsédé par l'exploration des univers féminins, mais elle ne mit pas longtemps à se rendre à l'évidence. Avant le début des infidélités, commença leur quête désespérée d'une descendance.

Des deux, le poète semblait être le plus pressé d'avoir un enfant. Il questionnait tante Santa sur son cycle menstruel, et quand celle-ci lui répondait qu'elle était dans une période fertile, il ne la laissait pratiquement pas sortir de chez eux. Ils s'enfermaient dans leur chambre pendant des heures pour faire l'amour sans amour, copuler sans plaisir, dans le simple but de se multiplier. Pour contenter son mari, tante Santa s'était mise à lire tout ce qu'elle trouvait sur le sujet. Les semaines passèrent, puis les mois, mais la descendance n'arrivait toujours pas.

Comme il n'y parvenait pas avec son épouse, le poète commença à répandre sa semence dans d'autres ventres, pour voir si l'un d'eux était fécondé, mais il n'obtint là encore aucun résultat. Tante Santa lui suggéra alors ce qu'aucun d'eux n'aurait osé faire auparavant : consulter un médecin.

La réponse négative du poète fut sans appel, et ma tante Santa n'eut d'autre choix que de continuer à écarter les jambes sans espoir ni passion dès qu'elle ovulait, tout en cherchant des solutions à leur problème dans des livres scientifiques ou dans des revues.

À l'internat, sur les conseils d'une amie, Santa avait avalé un ver solitaire pour maigrir sans arrêter de manger. On avait dû l'emmener d'urgence chez le médecin au bout de quelques jours pour faire sortir l'intrus de son colon. Tante Santa ne confia jamais cet épisode au poète, mais elle était convaincue que ce maudit ver était la raison de leur infertilité.

Peu après leur premier anniversaire de mariage, tante Santa commença à découvrir des preuves de l'infidélité de son mari. Le poète, après avoir passé un certain temps à explorer la fertilité d'autres utérus, fut las de se cacher. Il ne prévenait plus à quelle heure il rentrait, ne donnait plus d'excuses quand il découchait. Ma tante Santa souffrait en silence, sans rien oser dire à son mari. Si elle n'arrivait pas à remplir son rôle de femme, elle ne pouvait exiger de lui qu'il remplisse son rôle de mari. Lorsque maman rentra de Paris après ses études, le temps de trouver du travail et un logement, elle découvrit qu'auprès du poète vivait une femme qui prétendait être sa sœur, mais chez qui maman ne retrouva pas la moindre trace de la demoiselle joyeuse et séduisante que ma tante Santa avait été.

De vingt et un à vingt-deux ans

IGNACIO ET LE RETOUR DE PRIMITIVA

Je n'ai jamais été de celles qui se servent d'un sèche-cheveux ou se font opérer des seins, du nez, des fesses ou de n'importe quoi. Je n'ai jamais rêvé non plus de participer à des concours de beauté – si populaires dans mon pays – ni de me lier pour toujours au même homme. Les femmes de mon village rêvent toutes d'être attachées : à un poste, à une adresse fixe, à un seul homme, et à un ou plusieurs enfants dont elles devront s'occuper toute leur vie. Mulatona ne m'a jamais laissée entrer dans aucune de ces prisons. J'ai toujours eu pour unique rêve la liberté.

J'étais libre de manger ce qui me faisait envie, car à la différence de mes congénères, je ne suis pas esclave de la nécessité d'avoir un corps parfait. De même que j'étais libre d'être mon propre chef, ma propre source de revenus et mon propre maître. C'est pour cette raison que je ne me suis jamais permis de tomber amoureuse ; et maintenant, avec cette folie qui commence, je n'en aurai plus l'occasion. De toute façon, je n'ai pas eu besoin de tomber amoureuse pour m'attacher : toutes les relations humaines que j'ai eues ont fini par exiger le sacrifice de ma chère liberté. J'ai grandi en rendant des comptes non pas à deux, mais à trois parents. Quand ce n'était pas le poète, c'était maman ou tante Santa – puis à l'université, le petit copain du moment, depuis Arturo à ceux qui suivirent – qui voulaient savoir où j'étais, avec qui, ce que j'avais fait de ma journée ou à quelle heure je comptais rentrer. Ensuite j'ai fait la bêtise de me marier, mais nous y reviendrons plus tard. Fraîchement diplômée, je croyais encore que la liberté était possible. C'est pourquoi, une fois mes études terminées, avec en poche ma bourse pour commencer un doctorat, j'ai quitté la prison qu'étaient devenus mon pays et le peu de famille qui me restait, et j'ai emménagé, totalement libre, enfin, à Barcelone. Le jour où j'ai fait mes valises pour ne plus revenir, j'allais avoir vingt-deux ans.

À Barcelone, j'ai loué une chambre dans le Raval, trouvée sur une petite annonce à ma fac. Dans cet appartement de quatre chambres vivaient trois autres locataires. Ignacio, l'Argentin officiellement sur le bail, et deux Marocains qui n'étaient jamais là, et qui venaient d'arriver en Espagne.

Ignacio racontait – et au lieu de voir les signaux d'alerte, j'avais pris sa confession pour une preuve d'honnêteté – qu'il changeait souvent de sous-locataires, soit parce que ces derniers se lassaient de vivre dans cet appartement mal rangé qui empestait le pipi de souris (pour l'avoir vue passer une ou deux fois, je lui avais même donné un nom, Épicure ; hippie et heureuse, c'était tout moi à cette époque de liberté absolue), soit parce qu'ils ne payaient pas le loyer et qu'Ignacio les menaçait de les dénoncer à la police de l'immigration si jamais ils osaient se repointer chez lui.

Ignacio détenait le pouvoir : il était le seul à posséder un statut d'immigré légal et le seul à avoir son nom sur le bail. Moi je n'ai jamais eu peur de lui, d'abord parce que j'avais un visa étudiant et ensuite parce que, grâce à ma bourse, je pouvais payer mon loyer en temps et en heure ; en plus, il s'était toujours montré aimable avec moi, d'ailleurs j'ai même l'impression qu'il m'aimait bien (il m'offrait parfois des livres ou du chocolat), mais nous ne sommes jamais devenus amis. Aujourd'hui je m'en veux d'avoir été aussi bête.

J'ai été élevée dans une école, une famille et un pays qui m'ont appris très tôt à ne faire confiance à personne, et en particulier au système. Voilà comment j'explique pourquoi j'ai agi aussi stupidement. Une semaine après m'être installée dans ma nouvelle chambre, j'ai reçu l'argent de ma bourse.

On m'envoyait le montant de l'inscription à la fac, plus six mois d'avance. Je devais recevoir les six mois restants – après cette dernière année d'études, j'espérais trouver du travail et m'installer là-bas – une fois envoyé mon relevé de notes du premier semestre. Jamais je n'avais vu une telle somme et je ne savais pas quoi faire d'autant d'argent. Me méfiant des institutions financières, comme l'expérience me l'avait appris dans le pays de mon enfance où j'avais vu des milliers de compatriotes perdre les économies d'une vie entière à la chute de l'une des plus importantes banques nationales, j'ai pensé que la manière d'agir la plus sûre était de sortir en liquide tout l'argent de mon compte et de le cacher dans ma chambre.

Pas assez idiote pour le mettre sous mon matelas comme dans les films, je me suis acheté un mini-coffre-fort que j'ai caché dans mon placard, derrière mes trois robes et mes deux manteaux d'hiver. J'ai payé trois loyers d'avance à Ignacio. C'était la mi-novembre, les cours recommençaient en janvier. Il me restait donc un mois pour prendre du bon temps, avec assez d'argent pour me faire plaisir ; ce que j'ai fait.

Primitiva hibernait et Mulatona était plus forte et heureuse que jamais. J'ai fait mes comptes et, en soustrayant les dépenses d'inscription, le loyer, les livres (beaucoup), la nourriture et la boisson (moins), il me restait assez pour un voyage en sac à dos à travers l'Europe, en prenant le train et en dormant en auberge de jeunesse. J'ai réalisé mon rêve : visiter Paris, Londres, Rome, Florence et Venise, et il faut dire que j'en ai énormément profité, bien qu'aujourd'hui le souvenir de ce périple me rappelle avec amertume de ce qui s'est passé ensuite.

De retour à Barcelone après un mois sur les routes, je suis tombée sur un panneau « À louer » à la porte de chez moi. En l'ouvrant, abasourdie et l'estomac noué, j'ai découvert un appartement complètement vide.

Dans la chambre où il y avait eu mes livres, ma boîte de CD et mes quelques affaires, il ne restait plus qu'un lit nu – même les draps avaient disparu – et une table de nuit, le seul meuble datant d'avant mon arrivée. Dans le placard, plus aucune trace du peu de vêtements qui n'était pas rentré dans mon sac à dos ni, comme je l'avais aussitôt craint en voyant le panneau « À louer », de mon coffre-fort ou d'Ignacio. Le dépôt de plainte à la police ne m'aura servi qu'à apprendre que le nom et les papiers d'identité utilisés par Ignacio pour la location appartenaient à un Catalan mort depuis sept ans. Je n'ai plus jamais eu aucune nouvelle de mon loueur. Avec les clopinettes qui me restaient, je me suis pris une chambre dans une auberge de jeunesse et j'ai appelé le poète pour que, une fois de plus, il me sorte de cette dégoûtante flaque de vomi qu'était devenue mon existence. Cet après-midi-là au commissariat, Mulatona tira sa révérence. Fauchée et sans projet de futur – pire encore, consciente que ma seule option à court terme était de rentrer à la maison habiter avec le poète et ma mère, plus déprimant l'un que l'autre –, Mulatona avait perdu l'envie de vivre. Et ce fut Primitiva qui monta dans l'avion pour regagner ce pays où elle s'était juré de ne pas retourner, elle qui prit les commandes de mon corps et de mes décisions pour les sombres années qui suivraient.

1979-1999

MAMAN ET LE POÈTE

ou l'amour libre aussi peut être une prison

En 1979, ma mère rentra de Paris sans mari ni prétendant français, mais avec dans le ventre une graine qui poussait, dont elle-même ne savait pas à qui elle appartenait. Son visa étudiant était arrivé à échéance et elle ne pouvait pas rester vivre légalement sur ces terres lointaines.

Maman, qui n'avait pas vu sa sœur depuis longtemps, ne la reconnut pas lorsque celle-ci vint la chercher à l'aéroport. Elles avaient entretenu une correspondance régulière, mais aucune des deux n'avait pensé à se décrire physiquement dans ses lettres. Les jambes autrefois musclées et fuselées de la cadette étaient devenues deux poteaux amorphes et celluliteux, et son long cou avait disparu sous un double-menton protubérant.

Malgré sa grossesse, maman n'avait pris que quelques kilos, et on raconte qu'elle portait à merveille sa condition de future mère. Ses cheveux brillaient, et sans qu'il n'ait jamais été beau, son visage rayonnait. Au lieu de rentrer à la maison, les sœurs se rendirent dans une auberge en bord de mer, où elles passèrent une semaine à renforcer ce lien qu'elles avaient tissé à distance.

Face à la mer paisible et au soleil ardent des Caraïbes, maman apprit tous les détails que Santa ne lui racontait pas dans ses lettres pour éviter de l'inquiéter. Elle comprit alors que sa sœur s'ennuyait dans sa petite vie grise de femme au foyer privée d'amour.

Si le mot « dépression » avait été aussi à la mode à l'époque qu'aujourd'hui, elle l'aurait probablement utilisé, mais Santa parla plutôt à sa sœur de cette infinie tristesse qui l'étouffait et l'empêchait d'ouvrir les yeux chaque matin. Maman, au contraire, débarquait de France la tête pleine d'idées vibrantes sur l'amour libre, l'ère du Verseau, la musique disco et l'avenir prometteur de l'humanité – sûrement la seule période de sa vie où elle fut optimiste par conviction, et non pas par lavage de cerveau.

La grande maison de la rue du Parc appartenait à maman et tante Santa – ainsi qu'au Latino-Européen, mais celui-ci s'était déjà définitivement installé en Europe.

Le temps de se réacclimater à son pays, de trouver du travail et un endroit à elle, maman accepta la proposition de sa sœur et du poète : habiter avec eux. Il y avait assez de place pour tout le monde, et, malgré l'aversion que ma mère ressentait pour son beau-frère, la perspective de passer ses journées auprès de sa sœur l'enthousiasma.

Le poète avait alors quarante ans passés et tante Santa trente-deux. Ils s'étaient résignés à ne pas avoir de descendance, et le poète passait plus de nuits dehors qu'à la maison. De son côté à lui, l'amour n'avait plus cours dans cette relation, mais tante Santa, pour des raisons que maman n'arrivait pas à comprendre, restait irrémédiablement amoureuse de ce mari qui l'ignorait.

Peu à peu, maman était parvenue à insuffler à Santa sa vitalité et ses idées européennes, et son âme reprit lentement possession de son corps, comme lorsqu'on se réveille d'un long sommeil. Elle réussit également à piquer la curiosité du poète avec ses idées novatrices et sa vive intelligence.

Même si c'était maman qui incarnait les idées libérales, ce fut tante Santa qui lui proposa de faire un ménage à trois avec le poète. Elle avait le pressentiment, l'espoir (et la peur) que sa grande sœur réveillerait en lui la passion qui dormait depuis des années, et qu'en partageant sa couche, elle pourrait à nouveau jouir de son mari, même si on ne lui laissait de cette passion que les restes. Au début, maman refusa catégoriquement la proposition, mais lorsqu'elle se surprit parfois la nuit à se caresser en pensant à cette sculpture romaine qu'elle avait tant haïe mais qui avait si bien vieilli, elle se mit à reconsidérer la chose.

D'autant qu'aucun homme dans ce village caribéen isolé du temps présent et de la géographie mondiale n'éveillait son intellect et ses sens comme le poète. Pour être honnête, la sculpture romaine était le spécimen masculin le plus intéressant des environs, et ce malgré son égoïsme, etc. De toute façon, ma mère n'avait pas l'intention de tomber amoureuse ; elle ne cherchait qu'à explorer les possibilités de son corps physique et à abattre les murs de son ego.

Un soir, elle enfila l'une de ces minijupes qui s'étaient popularisées en Europe depuis des années (mais qui venaient à peine d'arriver dans notre pays toujours à la traîne) ainsi qu'une chemise sans soutien-gorge en dessous, elle se lâcha les cheveux et réunit le couple dans le salon pour fumer de la marijuana et écouter de la musique psychédélique, pendant que le nourrisson que j'étais alors dormait dans une chambre à l'étage.

Au milieu de la soirée, maman suggéra l'idée du ménage à trois comme si ç'avait été la sienne, et le poète accepta volontiers la proposition, sans pour autant comprendre pourquoi son épouse devait faire partie de l'équation. Maman expliqua que c'était là l'unique condition, et que s'il insistait pour choisir entre les deux sœurs, il n'aurait donc que sa femme. Comme il n'y avait pas d'autosolution, un peu à contrecœur, le poète accepta. Cette nuit-là, fut consommée la relation entre les trois adultes avec lesquels il me serait donné de vivre toute mon enfance et ma jeunesse.

J'ai toujours su qui était ma mère et qui était ma tante, même si j'avais parfois du mal à différencier leurs rôles, car l'une comme l'autre me traitait comme sa fille quand elle avait quelque chose à me demander, comme sa sœur quand elle me manquait de respect et comme sa meilleure amie quand elle voulait me faire une confidence que l'autre sœur ne devait pas savoir.

Je savais aussi que le poète n'était pas mon père biologique, et il ne m'a d'ailleurs jamais traitée comme sa fille, du moins jusqu'à ce que je m'occupe de lui pendant ses dernières années.

Je me souviens que lorsque j'étais petite, cela me semblait parfaitement normal de vivre avec deux mères et un père, et je pensais que, de la même façon qu'il y avait des enfants avec des parents divorcés ou des mères célibataires – deux cas très peu fréquents au début des années 80 –, il devait y avoir plein d'autres enfants de trios amoureux, dont seul le hasard faisait que j'en étais l'unique représentante au lycée Ávila.

Pour la fête des Pères, je faisais une carte pour le poète ; non parce que je le considérais comme tel, mais parce que la seule fois où j'avais osé dire que je ne savais pas qui était mon papa et que je refusais de faire une carte pour le monsieur qui habitait chez moi, on m'avait donné des exercices de maths tandis que mes camarades s'amusaient à dessiner. Jamais je n'ai oublié cette leçon.

L'autre leçon que j'ai apprise était que, après avoir fait une carte au poète, mieux valait la jeter à la poubelle dès la sortie de l'école. Un jour, en rentrant à la maison, j'avais couru lui offrir avec émotion sa carte de fête des Pères : le poète, sans nous regarder, ni moi ni ma carte, me l'avait rendue en me disant sèchement qu'il n'avait pas d'enfant.

En revanche, pour la fête des Mères, j'avais deux fois plus de travail : je savais que si je ne faisais pas de carte pour ma tante Santa, je serais dans le pétrin, aussi je devais redoubler d'efforts en classe pour dessiner deux cartes pendant que tous mes camarades n'en avaient qu'une seule à faire.

Bien avant le début du ménage à trois entre maman, Santa et le poète (du temps où le Latino-Européen ne s'était pas encore installé définitivement en Europe – où il avait enfin pu former un couple officiel avec son petit ami de l'université – et qu'il vivait encore dans la maison de la rue du Parc avec les jeunes mariés), tante Santa, après maintes tentatives et autant de réactions négatives, avait fini par convaincre le poète d'aller voir un médecin. On lui fit passer des examens et le verdict fut sans équivoque : il était stérile.

Comme c'est curieux de voir la manière dont deux membres d'un même couple peuvent réagir si différemment à une même nouvelle. En apprenant qu'elle n'aurait pas d'enfant, tante Santa transféra tout son amour maternel sur les rejetons des autres, y compris son mari. Elle s'engagea comme bénévole dans un orphelinat et, si le poète avait accepté, elle aurait adopté tous les enfants auprès desquels elle travaillait quotidiennement ; mais le mot *adoption* était tabou en présence du poète. Aussi, le retour de ma mère d'Europe avec un bébé dans le ventre tomba à pic pour ma tante Santa, qui eut alors l'idée du trio. Elle voulait contenter son époux afin qu'il accepte que maman et moi habitions avec eux dans la maison de la rue du Parc. Quant à ma mère, elle fut ravie qu'on l'aide à élever son enfant.

Au contraire, quand le médecin annonça au poète qu'il ne pourrait jamais avoir de descendance issue de son propre sang, il développa une haine contre la progéniture d'autrui. Il détestait les enfants, et les évitait dès qu'il le pouvait. Secrètement, il pensait que tous les bébés nés à l'époque où son propre fils aurait pu voir le jour portaient la culpabilité de son infertilité. Il comparait chaque morveux mal élevé qu'il croisait dans la rue avec son idéal narcissique d'un petit poète, et l'enfant véritable en sortait toujours perdant. Il se demandait pourquoi la biologie permettait la perpétuation d'espèces si peu évoluées, tandis qu'elle empêchait la reproduction d'êtres aussi avancés que lui-même. D'après lui, Darwin s'était trompé : ce n'était pas toujours le plus apte qui survivait. Cette réflexion le tourmenterait durant de longues années, et à chaque fois qu'il lirait ou entendrait parler d'un homicide, d'un vol ou d'un quelconque autre méfait, le poète dirait invariablement :

— Mon fils n'aurait jamais fait ça.

Il me répétait cette phrase dès que l'occasion se présentait, et j'avais beau essayer de susciter son admiration ou sa fierté même si je n'étais pas sa fille, je n'y arrivais jamais. Comme on compare toujours le petit frère au grand, le gros au mince, le fainéant au sportif, le mauvais élève à celui qui a de bonnes notes, le poète m'a toujours comparée à son fils imaginaire; et après pas mal de revers, j'ai fini par comprendre qu'on ne peut l'emporter sur un idéal.

Un jour (je ne me souviens pas à quel âge, mais je me rappelle tout le reste avec autant de précision que si ç'avait été un film), j'allai dans leur chambre après avoir fait un cauchemar. Le poète dormait au milieu, avec maman à droite et tante Santa à gauche. Je me recroquevillai comme je pus contre ma mère en essayant de ne pas la réveiller, en vain. Elle se réveilla en ayant tellement peur de la réaction du poète s'il me voyait que, sans mot dire, elle posa sa main sur ma bouche, me prit dans ses bras et me ramena dans ma chambre. Nous sommes restées endormies l'une contre l'autre dans mon lit jusqu'à ce que le bruit de la porte qui claque contre le mur nous réveille. Le poète avait fait irruption dans ma chambre avec un tel fracas que toute la maison en avait tremblé. En caleçon, torse nu, il entra en silence et me prit sans effort dans ses bras, tandis que maman restait muette et immobile, dans une soumission que je ne lui ai jamais pardonnée. Me portant toujours, il descendit l'escalier de la cuisine et entra dans la chambre de service. Il me lâcha sur le lit où ma grand-mère Yolanda avait été assassinée des années plus tôt, puis il me dit :

— À partir de maintenant, tu dors ici.

Il ferma la porte à clé et me laissa enfermée là-dedans toute la journée du lendemain. J'aurais bien aimé dire qu'il avait agi malgré les protestations de maman et tante Santa, mais le pouvoir économique et moral que le poète exerçait sur elles à cette époque les avait transformées en deux bouts de guimauve sans conscience propre qui tremblaient devant lui. Je ne sais pas si elles avaient peur du poète ou si elles étaient terrorisées à l'idée d'habiter seules, mais en tout cas, dans cette maison (dont elles étaient autant propriétaires que lui), on faisait ce que l'homme disait. Et les deux femmes se disputaient son affection aussi bien sous leur toit que sous les draps.

J'ignore si c'était pour gagner son affection ou par concurrence avec sa sœur, toujours est-il que, non seulement ma tante Santa perdit ses kilos en trop, mais elle maigrit tellement que ses seins disparurent et qu'elle cessa d'avoir ses règles. Si le poète lui faisait remarquer sa maigreur, elle consentait à reprendre quelques kilos, mais dès qu'il lui disait de faire attention à ne pas trop grossir, elle retombait dans une phase d'amaigrissement.

J'ai grandi en ayant une peur bleue du poète, mais peu à peu, j'ai pris conscience du genre de personne qu'il était et je me suis mise à éprouver pour lui un mélange de mépris et de pitié.

Mon enfance et ma jeunesse furent probablement semblables, comme je l'ai déjà raconté, à celles de n'importe quel autre camarade : faite d'anormalités et de situations bizarres qui finirent par constituer ma normalité à moi. Je ne saurais pas décrire le quotidien d'un couple. Pour moi, c'était naturel de me réveiller puis d'aller prendre le petit-déjeuner préparé par ma tante dans la cuisine en faisant semblant de ne pas entendre les cris et les gémissements exagérés qui provenaient de la chambre d'en haut. Je montais ensuite dans le bus pour aller à l'école et la routine reprenait à midi, sauf que les rôles avaient changé : c'était maman qui m'attendait avec le déjeuner prêt, pendant qu'en haut on entendait des cris encore plus forts que ceux du matin. On aurait dit que les deux femmes essayaient plus de démontrer leur plaisir et leur jouissance au lit avec le poète qu'elles n'étaient véritablement satisfaites.

J'ai donc grandi en croyant qu'il était impossible de faire l'amour sans crier, et ce n'est que plus tard que j'ai compris qu'encore une fois j'avais appris les choses de travers.

Maman était persuadée que l'alcool avait déclenché la folie de tante Santa, mais moi je sais que ce verre ne fut qu'une excuse pour lâcher la bride de ses frustrations accumulées depuis des années.

Ma génitrice me raconta qu'un soir, un peu avant de perdre la raison, ma grand-mère Cornelia avait révélé à ses deux filles que chaque femme de notre famille détenait un pouvoir qu'elle devait déceler et apprendre à contrôler, avant que celui-ci la devance et s'empare d'elle. Comme n'importe quel pouvoir, il pouvait être bon ou mauvais. Celui de ma grand-mère Cornelia n'était pas banal : elle savait quand il valait mieux se taire. Au cours de sa vie, Cornelia avait appris de nombreux secrets qu'elle avait préféré garder pour elle afin de protéger sa famille, mais nous sommes plusieurs à penser que, à force d'être réprimés, ces secrets se sont rebellés et l'ont menée à la folie.

Tante Santa découvrit très tôt quel était son pouvoir, mais au lieu d'apprendre à le contrôler, elle en eut si peur qu'elle se laissa toujours dominer par lui. Le pouvoir de Santa consistait à transformer ses peurs en réalité. Pourtant, la seule façon de le contrôler aurait été de domestiquer ces peurs, de les affronter jusqu'à les vider de toute substance qui les rendrait réelles. Mais qui pourrait y arriver, sachant que c'est la peur elle-même qui est effrayante ? Ses craintes la dépassèrent toujours, et par là même, elle ne fut jamais capable que de les rendre plus fortes encore.

Étrangement, lorsque ses peurs devenaient réalité, ma tante Santa se sentait soulagée, parce qu'elles se révélaient moins puissantes dans sa tête que dans le monde réel. Elle avait par exemple toujours eu peur d'être envoyée à l'internat, mais quand le Latino-Européen finit par le faire, elle se résigna placidement à son sort. Ensuite, elle avait eu peur d'être infertile, mais quand elle sut qu'elle n'aurait jamais d'enfant à cause de son mari, ses craintes s'apaisèrent et elle distribua tout son amour aux enfants issus d'autres ventres que le sien. Sa plus grande peur en se mariant fut que sa relation fougueuse avec le poète devînt l'un de ces mariages sans passion qu'elle voyait autour d'elle (à commencer par celui de ses propres parents) mais quand cela arriva plus tôt que prévu, elle l'accepta – jusqu'à cette idée de ménage à trois, qui lui permettrait de ne pas s'isoler de son monde de peurs qui devenaient réalité, et dans lequel elle rendit concrète cette menace d'infidélité qui planait sur son couple. Je me souviens que tante Santa me répétait souvent cette phrase de *La Célestine* qui, d'après elle, décrivait à la perfection sa réalité intérieure : « Il est toujours plus difficile de supporter la bonne fortune que la mauvaise, car jamais nous ne sommes tranquilles dans la prospérité, tandis que nous cherchons toujours consolation dans l'adversité.» Ainsi, tante Santa fut toujours plus heureuse en étant malheureuse.

Une fois pourtant, elle sut maîtriser son pouvoir : ce fut au dernier jour de sa vie ; raison pour laquelle je sais que, malgré la grandiloquence de son décès, elle mourut en paix. Tante Santa avait peu à peu décelé et contrôlé ses peurs, mais l'une d'elles ne la quitta jamais ; et ce fut la seule qui ne devint jamais réalité, grâce à ce qui arriva le soir où elle perdit la raison.

Tante Santa, maman et le poète avaient coutume de se retrouver en fin de journée sur la terrasse couverte pour partager une bouteille de vin – parfois même un peu, voire beaucoup plus qu'une – et se mettre au courant des événements personnels ou internationaux du jour. Parfois il arrivait que l'un des membres de ce trio pas toujours harmonieux prenne un verre de trop, lui faisant prononcer quelque parole blessante, mais ces petites réunions ne dépassaient en général pas les limites de la décence et de la courtoisie.

J'avais vingt ans le soir où tante Santa perdit la raison et, grâce à mes quatre années d'indépendance et de bonheur à la fac, je me sentais plus Mulatona que jamais. Ce doit être pourquoi je ne pris pas dramatiquement les choses, contrairement à maman et au poète, que cette soirée traumatisa à jamais. Je me rappelle ce vendredi comme si c'était hier. Après un long trajet en bus depuis la capitale, j'arrivai à la maison pour y passer le week-end. Je saluai ma famille : tous trois étaient assis comme d'habitude sur leur terrasse et venaient d'ouvrir la première bouteille de la soirée.

Je ne remarquai rien d'étrange chez tante Santa, car tous étaient en bons termes à ce moment-là, et ils ressemblaient plus à trois amis ou à trois frère et sœurs qu'à un couple marié avec leur maîtresse. J'allai déposer mon manteau dans la chambre de service (celle de l'assassinat), la mienne. Je le jetai sur le lit et passai à la salle de bains. Je me lavai les mains à l'eau tiède, puis je fermai le robinet d'eau chaude pour me passer de l'eau glacée sur le visage. Je me dirigeai ensuite directement vers la cuisine pour prendre un verre vide et me servir un peu de ce vin que mes deux mères et le poète étaient en train de partager dehors, mais lorsque je fis irruption sur la terrasse, la scène était complètement différente d'il y avait quelques minutes : tante Santa était défigurée par les larmes et portait sur son visage une expression de haine et de douleur que je ne lui avais jamais vue. Elle tenait dans sa main le couteau avec lequel ils avaient jusqu'à présent coupé le salami, menaçant maman et le poète, qui essayaient en vain de la calmer. Sans que personne n'ait eu le temps de l'arrêter, elle se planta le couteau dans le cœur. Elle ne trembla pas et son geste fut si précis qu'on eût dit qu'elle s'y était déjà exercée à de nombreuses reprises. Maman et le poète plaquèrent instinctivement leur main contre leur bouche dans un geste terrifié, et je laissai tomber le verre que je venais de prendre dans la cuisine quelque secondes plus tôt. Tante Santa, avec le manche du couteau sortant de sa poitrine et une cascade de sang dégoulinant sur sa chemise blanche à pois noirs, dansait et riait aux éclats, comme possédée, en criant : « Ça n'est pas arrivé, ça n'est pas arrivé ! », puis elle tomba par terre, inconsciente, dans un sourire qui détonnait avec l'absurdité de la scène. Tout ce que je raconte là ne dura même pas une minute, bien que le moment nous semblât à tous une éternité.

Cet événement changea la dynamique de ma famille. Maman se mit à prendre des antidépresseurs autoprescrits et le poète commença à développer la longue maladie qui l'emporterait. Plusieurs fois nous nous sommes réunis tous les trois pour tenter de reconstituer ce qui s'était passé ce soir-là, en quête d'une explication, mais jamais nous n'avons réussi à nous mettre d'accord. Maman campait fermement sur ses positions : c'était un verre de trop qui avait déclenché son coup de folie ; elle nous avait aussi raconté qu'un seul verre de vin blanc avait suffi à l'un de ses camarades d'université pour passer du statut de buveur occasionnel à celui d'alcoolique. Le poète et moi n'étions pas d'accord avec ça, estimant que l'alcool ne rendait pas les gens fous, mais qu'il réduisait seulement notre pourcentage de raison, ce qui pouvait parfois faire remonter à la surface cette folie que nous portons tous en nous ; il suffit que celle-ci y soit déjà tapie pour que l'alcool lui donne vie. Le poète pensait que la folie de tante Santa avait toujours été là – comme chez toutes les femmes de cette famille invraisemblable – et que, si on la portait en soi, elle pouvait se déclarer n'importe quand, comme un cancer, un herpès ou un coup de foudre : sans raison et sans qu'on ait pu le prévoir ni l'éviter.

J'étais la seule à savoir que tante Santa préparait ce moment depuis des mois. Je le savais parce que au cours de ma visite précédente, pendant les vacances entre le premier et le second semestre, Santa m'avait demandé de l'accompagner acheter un nouveau couteau à salami ; j'avais alors remarqué avec quelle méticulosité (j'irais même jusqu'à dire avec quelle malice) elle avait choisi l'ustensile. Deux jours avant l'achat de l'arme qui lui percerait le cœur, j'étais en train de lire quand Santa m'avait interrompue trois fois de suite pour défiler dans les chemisiers qu'elle venait de s'acheter, me demandant lequel irait le mieux avec du rouge. C'est moi qui lui ai suggéré le blanc à pois noirs, sans qu'à aucun moment il ne me vienne à l'esprit qu'elle se préparait pour le jour de sa mort.

Cet épisode que maman et le poète prirent pour un acte de folie avait été précautionneusement prémédité par tante Santa, dont le seul objectif était d'éviter que son ultime et plus grande peur se réalise : mourir seule.

De vingt-deux à vingt-huit ans

L'ISSUE DE SECOURS

Après la mort de tante Santa, la vie à la maison devint aussi sombre que je l'avais craint. Le poète n'était jamais là, mais de toute façon, tout le monde se fichait de savoir où il allait. Maman, quand elle n'était pas abrutie par les antidépresseurs, déchargeait sa haine en critiquant le nouveau président, un populiste qui était tranquillement en train de détruire un pays déjà rendu exsangue par ses prédécesseurs.

Mon esprit était resté à Barcelone, bien que mon corps fût de retour ici; Primitiva, malgré toute sa tristesse et son manque d'énergie, finit par dégoter un petit boulot : elle donnait quelques cours dans une école, quand elle n'accompagnait pas sa mère dans les manifestations, pour éviter que celle-ci ne supplie les policiers antiémeutes de lui tirer dessus, ce dont ils étaient parfaitement capables, ainsi qu'on put le vérifier à plus d'une occasion.

Personnellement, je suis très indépendante, mais Primitiva, elle, avait toujours rêvé de se marier. Son film préféré quand elle était petite, celui que maman, tante Santa et le poète lui mettaient dans le magnétoscope jusqu'à trois fois de suite pour qu'elle se tienne tranquille et ne les dérange pas, n'était autre que *La Belle au bois dormant*, version Disney. Pas étonnant que j'aie mis huit ans à arriver. Que peut-on attendre, hormis de la soumission et de la stupidité, d'une petite fille dont les seuls modèles féminins furent deux femmes soumises à la volonté d'un seul homme et une princesse inutile qui ne faisait que chanter et dormir jusqu'à ce que le premier inconnu qui passe vienne la réveiller et qu'elle se barre avec lui sans réfléchir, et sans même avoir pris le temps de discuter dix minutes ?

La célèbre princesse Aurore doit sûrement être obèse à l'heure qu'il est, vautrée dans son canapé à regarder des séries (avec ou sans prince, on s'en fiche), pendant que les trois bonnes fées s'occupent de la cuisine, du linge et des gosses – si jamais elle en a eu, ce dont on se fiche aussi, parce qu'ils seraient soit trop petits pour regarder des séries avec elle, soit trop grands pour rester enfermés dans leur chambre, collés à leur tablette.

Possible aussi que notre (plus si) Belle au bois dormant passe ses journées sur Facebook ou Instagram à constater que Cendrillon, la Petite Sirène et même

Belle (avec ce gros type poilu, aigri et alcoolique qu'est devenue la Bête) sont plus heureuses qu'elle.

Là fut toujours mon conflit avec Primitiva depuis que nous nous sommes connues à l'âge de huit ans : je rêvais de parcourir le monde, absolument libre, tandis qu'elle rêvait d'un homme imaginaire qui ne venait jamais. Je préférais être seule plutôt que vivre avec quelqu'un dont je n'aurais pas été totalement, complètement, absolument et irrémédiablement amoureuse. Voilà peut-être pourquoi je ne suis jamais tombée amoureuse.

Au contraire, Primitiva, à cause de sa peur panique de la solitude, avait passé ses vertes années à embrasser des crapauds qui ne se sont jamais transformés en princes ou à repousser des princes, car elle n'arrivait pas à voir au-delà de leur apparence de crapaud, certaine que son prince charmant viendrait un jour à cheval la réveiller de ce cauchemar qu'était devenue sa quête : une collection désespérée de passions éphémères et superficielles.

Voyez-vous : Primitiva et moi méprisons tout autant le rôle d'idiote que maman et tante Santa ont joué toute leur vie aux côtés du poète, mais aux yeux de Primitiva, la pire des choses était de se retrouver seule, car elle n'a jamais pu concevoir le bonheur sans la présence d'un homme. Moi aussi j'aime bien la compagnie, n'allez pas croire… C'est chouette d'avoir quelqu'un avec qui dîner au restaurant ou aller au ciné, mais je ne suis pas prête à en payer le prix immensément élevé comme le font tant d'autres femmes. Cela dit, je l'ai quand même payé, et Primitiva aussi.

Un soir, vers dix-neuf heures, alors que j'avais baissé la garde, Primitiva corrigeait des devoirs de CM1 lorsque retentit la sonnette de chez nous. Elle alla ouvrir et se retrouva nez à nez avec son prince. Elle ne l'identifia pas immédiatement comme tel car il était plus maigre et plus petit que dans son imagination, mais elle ne tarda pas tellement à le faire.

Amalio, qui était venu chez nous chercher sa mère (une nouvelle copine de la mienne qui prétendait être médium et lui racontait tout un tas de sornettes censées être des messages envoyés par tante Santa depuis l'au-delà), nous fit croire à Primitiva et moi que notre longue quête était enfin terminée.

Primitiva, en la demandant en mariage (avec des larmes dans les yeux, c'était un romantique, cet Amalio) trois semaines après l'avoir rencontrée. Moi (en dépit des larmichettes), en me proposant de retourner à Barcelone, où Amalio devait commencer des études supérieures d'orthodontie cinq mois plus tard. Enfin je quitterais la maison et j'obtiendrais ma liberté !

C'était du moins ce que je pensais ; et à l´époque j'avais encore le loisir de penser. Primitiva avait alors oublié de faire marcher son cerveau, crétinisée par ces longues conversations qu'Amalio concluait toujours par une petite larme, ébahi par la puissance de la connexion qu'il y avait entre lui et sa promise, abasourdi de mériter autant d'amour.

Avant notre départ pour Barcelone, on organisa une cérémonie intime qui fut presque aussi courte que notre mariage.

À vingt-trois ans, Primitiva et moi pensions vivre l'histoire d'amour parfaite, du genre qui fait croire à tous les copains que le grand amour, en fait si, ça peut exister. J'ai donc emménagé dans la maison et la ville parfaites. Je suis devenue l'épouse parfaite et nous avons même adopté un chaton parfait (il n'aurait pas été digne d'autant de perfection d'acheter un chat dans une animalerie, non : l'adoption, c'est beaucoup plus admirable). Nous avons ensuite vécu six ans d'heureuse perfection jusqu'à ce qu'autant de merveille devienne insupportable. L'homme parfait et moi (en six ans d'amour, jamais nous ne nous sommes disputés, toujours cordiaux, sans jamais élever la voix ni cesser de sourire) sommes presque devenus fous à force de nous ennuyer, et, aussi facilement que nous nous étions mariés, nous avons divorcé.

Il faut dire que le fait de se retrouver, Primitiva et moi, dans une banlieue à quarante minutes de Barcelone, sans pouvoir travailler parce que le visa d'Amalio ne le permettait pas, n'a pas vraiment aidé ; pas plus que la cohabitation avec un type auquel (ô surprise!) nous n'avions en réalité pas grand-chose à dire, barbées comme des palourdes en conserve.

Petit à petit, la réalité nous a fait relativiser, aussi bien Primitiva que moi, les rêves d'enfant que nous avions chacune eus. Primitiva découvrit que le mariage ne garantissait pas le bonheur, et moi que le simple fait de vivre à l'étranger non plus.

Si j'avais déjà commencé à planifier ma fuite dès la première année de prison, Primitiva ne pouvait pas se sortir du crâne ce principe tellement banal sous nos tropiques : «Le mariage, c'est pour la vie»; ce qui nous força à supporter cette torture durant cinq longues années (bien que toujours très cordialement). Nous étions deux étrangers vivant à l'étranger, avec pas beaucoup d'argent et pas grand-chose en commun. Il ne me restait pas d'autre choix que de manger, dormir, lire, nettoyer, cuisiner, regarder des films, sourire la journée et pleurer la nuit, pourvu que le dentiste soit tourné vers le mur, en espérant qu'il dorme déjà.

Le seul point positif fut que Primitiva et moi nous sommes rapprochées. Elle m'a appris que la cuisine et le ménage peuvent être amusants (et je dis cela sans ironie) : ces années-là, j'ai découvert que ce sont deux activités très antistress; quant à moi, je lui ai appris que se lamenter sur son sort n'apporte rien de bon.

Et toutes deux, si nous avons pleuré à cause du divorce, ce ne fut pas au moment de la séparation définitive, mais lorsque nous nous sommes retrouvées – une fois de plus – à la porte de la maison de la rue du Parc, avec nos valises à la main et aucun espoir en l'avenir.

1999-2009

LE POÈTE ET MOI

J'ai eu beau essayer d'échapper à mon destin, il a fini par me rattraper. Alors que j'étais la moins «famille» de cette étrange famille (que j'avais cherché à fuir en prenant conscience que tous ses membres étaient dérangés), c'est moi qui ai fini par m'occuper du poète pendant sa maladie, moi qui ai fermé les yeux de cet homme qui a ruiné la vie de mes aïeules et qui n'était même pas mon père biologique.

Pour quelles raisons ? Si j'ai fait cela à peine rentrée d'Espagne, c'est parce que je n'ai pas eu le choix. Le Latino-Européen était parti depuis longtemps en Europe retrouver son compagnon. Ma grand-mère Cornelia était toujours internée à l'asile de Guanate, et de la même façon qu'elle n'eut heureusement plus assez de lucidité pour réaliser que sa fille Santa était morte, elle n'en eut pas davantage pour me reconnaître – aucune des quatre fois où je lui rendis visite. C'était comme passer voir un escargot. N'importe quel animal aurait été capable de réagir avec plus de sentiment que cet être sans âme qu'était devenue ma grand-mère.

Et il ne fallait pas non plus compter sur maman. Elle vivait presque dans un monde aussi irréel que celui de grand-mère Cornelia.

Bien que mon ex-belle-mère eût mis au monde l'autre escargot de cette histoire, celui dont j'ai divorcé (aujourd'hui Amalio et moi sommes tellement éloignés que je me demande comment nous avons pu partager le même lit), je ne lui en tiens par rigueur. Peut-être que je devrais, mais pas en tant que belle-mère ; en tant qu'amie de ma mère.

Sous l'influence de sa nouvelle amie d'alors, la supposée médium, et tandis que je menais ma vie fascinante de femme mariée à Barcelone, maman avait peu à peu remplacé son addiction aux antidépresseurs et aux protestations politiques par une autre addiction peut-être pire encore : la spiritualité de bas étage, les leçons de vie sur PowerPoint et les chaînes de mails qui portent malheur à ceux qui les brisent en n'y répondant pas. Quand l'acmé de cette addiction prit la forme d'un gourou indien, il n'y eut plus moyen de faire machine arrière.

Peu avant mon divorce et mon retour en Amérique, un certain Swami Vipasanda était venu au centre des congrès de la capitale ; c'était l'un de ces gourous qui prônent le renoncement aux biens matériels, mais qui touchent une commission maximum sur chaque billet d'entrée pour leurs conférences. Maman, qui s'était timidement aventurée sur les chemins du yoga et de la méditation, contente avec ses postures et ses mantras, avait suivi les conseils de mon ex-belle-mère, qui lui avait vanté les mérites du gourou, et les deux amies ne se contentèrent pas de se payer un billet d'avion et un hôtel à la capitale pour aller écouter la conférence bondée ; non, elles décidèrent d'acheter des places VIP dans lesquelles disparut une bonne partie de leurs économies. Ces billets leur permettaient d'être assises au premier rang, d'obtenir un exemplaire gratuit du dernier livre (un best-seller) du pauvre prophète et, au passage, d'être serrées dans les bras de leur cher gourou, ces mêmes bras censés leur insuffler une bonne dose d'énergie positive et curative. Et elles ne furent pas en reste.

Probablement à la suite de l'un de ses bains sacrés dans le Gange, le gourou avait contacté une infection cutanée qu'il transmit à chacune des rares mais fortunées disciples qu'il avait serrées dans ses bras coûteux. Mais là n'est pas le pire. Le pire, c'est qu'au lieu de demander à se faire rembourser, maman et son amie se persuadèrent que leur démangeaison constante et le traitement pénible qu'elles durent suivre pour soigner l'infection faisaient partie de la méthode utilisée par le gourou pour les faire accéder à un stade supérieur de spiritualité.

Maman, qui, sans avoir jamais été jolie, avait toujours fait attention à ses tenues et à son allure, se rasa la tête et donna tous ses vêtements pour ne garder qu'une seule robe, longue comme une tunique, qu'elle lavait chaque jour pour la remettre le lendemain. Inutile de préciser que l'intimité avec le poète était passée à la trappe. Cette même femme qui avait jadis été une intellectuelle brûla tous ses livres pour les purifier, prétendant que la véritable sagesse était au-delà des mots, et qu'au lieu de perdre notre temps à lire, il fallait méditer davantage car notre dieu intérieur possédait toutes les réponses à nos questions.

Convaincues que leur maladie de peau était un appel du gourou, une fois guéries, elles le suivirent jusqu'en Inde dans son ashram. Chaque fou a sa marotte, je n'ai rien contre les expérimentations spirituelles et le renoncement à la société, mais j'estime qu'en l'occurrence ce geste relevait plus de la fuite que de la rencontre. Maman n'avait pas renoncé à la vie matérielle, elle avait renoncé à assumer la vie qu'elle s'était choisie. Ainsi renonça-t-elle à accompagner dans la maladie celui qui avait été son compagnon de vie, et elle confia sa mort à sa fille unique, comme si Primitiva et moi n'avions pas droit nous aussi au renoncement.

Un mois après mon retour de Barcelone, deux jours avant que le poète fût hospitalisé pour sa seconde opération des poumons en moins de trois ans, maman et son amie partirent en Inde pour une retraite spirituelle d'une durée indéterminée.

Consciente de devoir remplir involontairement un rôle d'infirmière pour les prochains mois, je dois avouer qu'au fond, je lui en étais reconnaissante. Maman était devenue tellement insupportable avec ses grands airs de prêtresse et ses paroles sibyllines que le poète serait à coup sûr mort prématurément (et moi aussi) si elle était restée à la maison.

De mon côté, j'avais appris à cohabiter avec Primitiva. On arrivait même à se moquer l'une de l'autre : elle, de mes airs supérieurs ; moi, de son naturel fragile et larmoyant. Désormais, il nous fallait apprendre à vivre avec cet inconnu malade qui avait pourtant été pour nous ce qui se rapprochait le plus d'un père.

Je préfère ne pas m'étendre sur la maladie du poète. Il est probable que la majorité des gens qui liront ce récit aient déjà vécu de près, dans leur propre chair ou via un membre de leur famille ou un ami, les montagnes russes d'un cancer. Sur les détails scabreux du quotidien, ces choses qui passent du sublime au ridicule, des trajets sous morphine aux infections attrapées à l'hôpital et les suppositoires, je ne m'arrêterai pas. Ce dont je veux parler, ce sont des dernières années du poète – celles de l'homme, pas du patient.

Si je l'avais d'abord pris en charge parce qu'il n'y avait personne d'autre pour le faire – et je n'avais pas le cœur à abandonner un moribond –, j'ai commencé à éprouver de la tendresse pour lui ; car il faut bien dire que lui aussi avait changé. On raconte qu'il n'y a pas d'athées dans les tranchées ; et j'y crois : on finit toujours par croire en quelque chose quand on sait que sa vie est sur le point de se terminer. Le poète trouvait du réconfort en ma personne et en ma compagnie. Pour la première fois il me considérait comme la fille qu'il n'avait jamais eue et s'efforça de m'apprendre tout ce qu'il savait. Consciente de ne pas avoir beaucoup de temps – et comme je n'avais pas grand-chose d'autre à faire –, je fus une élève modèle. Tous les lundis il me prêtait un livre de sa bibliothèque, et tous les dimanches nous en discutions ensemble. Chaque soir nous partagions un verre de vin et une cigarette (à ce stade, pourquoi arrêter de fumer ?) en discutant de tout et n'importe quoi, sans que la conversation ne s'épuise jamais. Le poète savait tant de choses et il avait tellement vécu qu'il n'était pas étonnant que sa conversation fût si fascinante. Je ne l'avais simplement jamais considéré comme un compagnon de discussion, mais toujours comme une figure d'autorité et de mépris.

Je suppose que j'ai trouvé chez le poète ce que maman avait découvert chez son gourou galeux : un maître, quelqu'un à admirer, un guide intellectuel, et à cette nouvelle étape de sa personnalité, un modèle à suivre.

Nous parlions de l'histoire de notre famille – c'est lui qui m'a raconté la plupart des anecdotes que vous avez trouvées dans ce récit –, mais aussi de la situation politique nationale et internationale, de philosophie ou de religion, de la bizarrerie et de la dimension imprévisible des relations humaines, et bien entendu, nous parlions également de la mort.

— Tu en as peur ? lui demandai-je un soir.

— Non, j'ai peur de l'instant de ma mort, pas de ce qui viendra ensuite. J'ai peur que ça fasse très mal.

— Tu crois en Dieu ?

— Qu'est-ce que ça fait de croire en Dieu ou pas ? L'important, c'est que lui croie en toi, me répondit-il avec un sourire espiègle.

Le poète avait le sens de l'humour. Il me fut facile de comprendre pourquoi tant de gens l'avaient aimé ou haï jusqu'à la folie. C'était un être extrême, capable de la plus grande gentillesse comme du pire égoïsme qui soit. J'imagine que lui aussi luttait contre sa Primitiva intérieure.

Ce que j'ai appris de plus important durant ces deux dernières années ne vint pas de nos conversations, ni des livres que me donna le poète, mais de l'admiration que je me mis à lui vouer en voyant son esprit grandir à la même vitesse que son corps se détériorait. D'après les quelques contacts que j'ai eus avec la maladie, j'oserais presque avancer qu'il y a deux types de malades du cancer : ceux qui deviennent insupportables et ceux qui ne le deviennent pas. Le poète faisait partie de la seconde catégorie.

Je pouvais voir la douleur sur son visage, mais jamais je ne l'entendis se plaindre. Je pouvais voir le désespoir dans ses yeux à chaque fois que son corps franchissait un nouveau stade d'invalidité (de la canne au déambulateur, du déambulateur au fauteuil roulant, du fauteuil roulant à son lit) mais jamais il ne cessa d'y avoir quelque chose qui lui donnait envie de vivre. Le poète ne tomba jamais dans le désespoir. Grâce à ces deux années auprès de lui, malgré toutes les difficultés pratiques, j'expérimentai enfin ce que l'on ressent lorsqu'on est véritablement lié à quelqu'un. Et on se sent bien.

Deux heures avant de mourir, le poète m'appela dans sa chambre : il me donna un billet de vingt dollars pour que j'aille à la boulangerie du coin lui acheter un petit gâteau à la goyave et au fromage blanc, son préféré. Je sortis sans me préparer, dans l'intention de faire au plus vite, mais à la boulangerie je tombai sur Ricky, que je n'avais pas revu depuis l'école. C'était lui qui m'avait aperçue en premier et s'était approché de moi : il m'invita à prendre un café et nous finîmes par discuter plus d'une heure. La vengeance est un plat qui se mange froid, mais il est délicieux. À fond dans mon rôle de Mulatona, je lui sortis tous les bobards sur ma merveilleuse vie fictive, mon mari fabuleux, mes enfants brillants, mon super travail. Et avec une grande joie, je l'écoutai faire le récit de sa vie ratée : deux divorces, presque plus de contact avec ses deux enfants adolescents et pas de relation actuellement. Par pitié ou en songeant peut-être à un nouveau supplice qui compenserait tous les cauchemars qu'il m'avait fait subir durant mon enfance, j'acceptai de lui donner mon numéro de portable. Lorsque je m'aperçus que nous parlions depuis trop longtemps, je me souvins du poète et pris congé de Ricky. Alors, ce qui devait arriver arriva.

Ricky venait de partir et je choisissais le meilleur gâteau à la goyave et au fromage blanc pour le poète, lorsque j'ai reçu un texto qui m'a glacé le sang.

Le message était pourtant inoffensif : *Content de t'avoir vue si en forme.* La boule au ventre, c'était à cause de la signature : *Arturo.* Dans un éclair de lucidité terrifiée, j'ai compris ce qui venait de se passer. La personne avec laquelle j'avais parlé pendant plus d'une heure n'était pas Ricky, mon ennemi d'enfance, mais Arturo, sûrement le deuxième homme que j'avais le plus aimé dans ma vie, après le poète.

J'ai regardé le billet de vingt dollars en essayant par tous les moyens de me rappeler ce que j'étais venue faire à la boulangerie et ce que je devais acheter, mais j'en étais incapable. C'est à cet instant que j'ai compris que ma folie venait de commencer. Je suis rentrée à la maison, et quand j'ai ouvert la porte, les mains vides, le poète était déjà mort.

Ce n'est qu'à ce moment que je me suis souvenue de ce satané gâteau à la goyave et au fromage blanc.

Voici mon histoire, notre histoire, et je viens de finir de l'écrire.

Et maintenant, qu'on me laisse appeler quelqu'un qui emporte le corps glacé du poète, avec ce qui me reste de raison.

TABLE

MIXTE
Papier issu de
sources responsables
FSC® C003309

FSC
www.fsc.org

L'Éditeur de cet ouvrage s'engage
pour la préservation de l'environnement
et utilise du papier issu de forêts gérées de manière responsable.

Imprimé en France par CPI
en mars 2020

N° d'édition : 60357/01
N° d'impression : 158151